マドンナメイト文庫

幼肉審査 美少女の桃尻

高村 マルス

目次

contents

幼肉審査

美少女の桃尻

第一章　恥辱のオーディション

「やーっ！」

魔界軍団の獣人兵士にハイキック――。

小谷怜奈《こたにれな》がキックした瞬間、肌にピッチリ貼りついているローライズショートパンツの股間が大きく開いた。

頭に角が生えた全身黒タイツの男がどっと倒れた。

「あぁ……」

気合を込めた蹴りのあと、怜奈は恥ずかしさから溜め息のような声が漏れた。審査員たちの失笑を買って顔を赤らめる。審査員は劇団の運営者と専属の演出家、提携会社の幹部、主な劇団員で構成されていた。

怜奈は劇団ω《オメガ》による『戦隊美少女・マリン』オーディションに臨んで、緊張で地に足がつかない。

キックによる大股開きはこれで三回目で、穿いているのは強い伸縮性を持つポリウレタン素材の極薄ショートパンツだから、気が気ではない。

(あぁ、これショーツと同じだわ)

ショートパンツといってもサイズが超ミニで、脚長美尻効果があるが、恥裂への食い込みが厳しく、スジが露《あらわ》になっている。脚を閉じたとき、それがくっきりとあらわれ、開くとおぼろげにだが肉襞の形が見えてくる。へそ出しローライズであることにも羞恥させられる。

一次審査を突破した少女全員に、上下お揃いのピンクのキャミソールとショートパンツが渡された。生地がポリウレタンというのが怪しい。しかも下着を身に着けることは認められなかった。ブラジャーラインやショーツラインが出るのを避けるためと言われた。

確かに密着感の高いショートパンツとキャミソールは少女の身体の隅々までラインも形も見えるから、身体の動きや身体そのものを審査する側にとっては都合がいい。

だが、怜奈はやはり疑問を感じていた。

まだ大人が恐くて、恥じらいも強い思春期の怜奈にとって、男性審査員の前での開脚には抵抗があった。ほかの子はどんどん股間を全開にさせてアピールするのに、怜奈はどうしても気が引けてしまうのだ。

(いやぁ、キャミもポリウレタンだから、ゴムみたくピタッと来るぅ……)

キャミソールも生地全体が怜奈の肌理《きめ》の細かい滑らかな美肌に吸いつくように密着している。課題の格闘シーンの演技とその前に行われたダンスの審査で、全身が汗でぐっしょりだった。そうなると、内心恥じらっている厚みのある乳輪は形がはっきりとあらわれる。しかも、乳首は濃いピンク色だから、ピンクでも淡い色のキャミソールではどうしても透けてしまう。

(あぁ、乳首も……あ、あそこの形も、わかっちゃう!)

審査員たちの前で顔を赤らめながら、身長百四十七センチの肢体をわななくように躍動させていく。激しい動きで肩まで伸びた漆黒の髪がパッと散り、まん丸く肉がついたお尻がプルンと揺れる。その様子はビデオにも撮られていた。後日テレビ放送される予定だと聞かされていた。

怜奈は五歳のころから子供服のモデルをやっていたので、大勢の人に見られることには慣れていた。下着モデル、水着モデルも笑顔でこなし、見られる快感も経験して、大人の男の性欲を感じる視線をも受け入れてきた。モデルの写真撮影会では絶対好きになれそうにないオタク系の男たちが多数やってきて、高級なカメラで撮りまくられた。

少女の清潔感に溢れた口もとやうなじ、耳やその周囲をマニアックに撮るオタクに、情けない表情になって「いやぁン」と鼻にかかる声を漏らした。

とんでもなく大きな望遠レンズで唇をアップにして、しつこく撮られたこともある。

(だめぇ、口の中を撮ろうとしてる。舌を撮りたいのね)

笑って、笑ってと繰り返し言われ、口を開けさせられた。異様な恐れを感じたことを覚えている。

そして危険なのがパンチラ。どうしてもミニスカートを穿いて椅子に座ることもある。オタクたちは正面から撮る順番をジャンケンで決めていた。座っていてもさまざまにポーズを取るから、スカートのすそと太腿の間の隙間を手で隠してばかりいるわけにはいかない。

(でもいいの、お仕事だし。普通の子だって、しょっちゅうパンツが見えちゃってるから……)

怜奈はどこか自分に言い訳するような、割りきる気持ちにもなっていた。計七回経験した撮影会のほとんどで、スカートの中を覗き撮りされたことはわかっている。

今、オーディションの会場にいる大人たちは、そんなオタク系とはまるで違う人たちだとわかる。少女に対する男としての興味の本質は同じかもしれない。でも存在感がはるかに強く、業界人として何か得体の知れない深いものを持っている。モデル業界の大人たちにもない裏がありそうな恐さを感じた。

(モデルの審査とは全然、違うわ……)

普通のオーディションと異《こと》なるのは、恥ずかしいポーズを取らせようとすることもだが、それ以前に怜奈は見られ抜いてきた美少女の直感で、審査員の男たちに不穏なものを感じていた。

怜奈は一般公募で集まった多数の応募者の中から、一次審査を突破した九人の中に入ることができた。今行われている二次審査で最終だが、格闘技の巧拙《こうせつ》は審査基準ではないと言われていたので、空手などの経験がない怜奈も安心だった。

「大勢の観客の前で、身体の線が浮き出るコスチュームを着て、開脚など過激なポーズも取らなければならないけれど、できますか？」

最終審査に入る前、ωの村雨康明《むらさめやすあき》という演出家に訊かれた。怜奈は顔を赤らめて、ほかの少女たちとともに「できます」と応えた。村雨は口髭が濃い強面《こわもて》の演出家で、ちょっと恐そうだ。ωは最近できた劇団で、村雨はまったく無名の演出家だった。

さらに、村雨が少女たちの顔を見渡して言った。

「主役のマリン役になるには、少女の純真さと少女なりのセクシーさが必要です」

怜奈は開脚などの過激ポーズを求められて怪しんだが、村雨の言葉で自分はマリン役にピッタリだと思った。

モデルの仕事ができる怜奈は、ボディラインがととのって、カジュアルからフォーマルまでどんな服でも着こなせる。弾けそうな上向きの桃尻の可愛さは誰にも負けない自信があった。怜奈は普通大人にしか言わないような美尻という言葉を使われることがある。美脚だとも言われた。

腕の細さや百四十七センチの身長、骨格の華奢な身体を見るとまだ子供だが、顔が美形なので年齢より少し大人に見えるうえに、ウェストが締まって身体の線がヒップラインへつながるセクシーなS字カーブを魅せていた。

怜奈はクラスの男子とまったく違う丸みを帯びた腰つきを自覚していた。お尻のプルンとした果実っぽいお肉の厚みに女としての魅力があることを知っている。骨盤は身体の大きな男子より張っているし、ほかの女子よりもやはり大きい。

乳房がまだ豊かでない年齢の少女は、お尻こそ女を感じさせる一番のポイントだろう。怜奈は大人に比べれば幼い小尻だが、美しい球体に近い輪郭を有して、セクシーさは有名タレント、グラドルにも負けない。小さいなりに、後ろに突き出す形はロリコンはもちろん、普通の男でもドキリとしてじっと見てしまう。

さらに、可愛い少女尻からパンティを下ろしてみれば、スベスベの美肌があらわれる。乳白色のお尻は少女の性感帯でもある。

怜奈は自分のお尻の皮膚感覚の鋭さを知っていた。電車やバスの中でときどき痴漢されていたからだ。不心得者がランドセルの下で触りにくいのに、手を伸ばして撫でてきた。虫唾《むしず》が走るほど嫌なのに、ゾクゾクッと感じる瞬間があった。

審査も終盤に差しかかっていた。苦手なハイキックが五回もあって、最後のキックは魔界皇帝オドロに対してだった。

この劇団のオーディションの特徴は、二次審査の前に劇の内容を練習させてそれを審査することだった。それだけに一次審査を突破した少女たちはみんな必死に練習していた。

怜奈は今、覚えた演技を間違えないように異常なほど緊張して審査を受けている。

魔界皇帝オドロが怜奈の目の前で黒いマントを翻《ひるがえ》して両手を広げ、

「小娘、覚悟ぉ」

唸るような声をあげて迫ってきた。赤と黒の太い隈取をした顔が恐い。

「オドロ、お前こそ覚悟っ」

マリンに扮した怜奈は、自分よりはるかに背が高いオドロ役の劇団員へ精いっぱい脚を上げて回し蹴りのハイキックを試みた。

顔に当たってもいいから思いきりキックすればいいと言われていたが、顔にはまったく届かない。肩の辺りに足の甲が当たったが、同時に怜奈はその長いスレンダーな脚を摑まれた。

「あうっ」

細くても、太腿にはぽちゃぽちゃした肉がついている。丸みが可愛い少女のセクシー美脚に魔の手が及んできた。

さらに、背後から兵士に抱きつかれた。

怜奈は一瞬悲鳴をあげそうになる。細いウェストに両手が回されて狼狽《うろた》え、目鼻立ちがととのった顔をしかめた。

ウェストは幼いずん胴、丸胴ではなく、よく締まっている。女を感じさせるくびれ腰の身体になっているから、おそらく抱きつく側も快感なのだろう。黒い全身タイツの獣人兵士が鈍く眼を光らせた。

産毛《うぶげ》も生えていない柔らかい内腿に、怪人オドロの指が食い込んでいく。

「い、痛ぁぁ……」

ギュッと強く摑む必要なんてない。演技だから、形だけでいいはず……と訴えたくもなるが、今は最終審査の最中で必死になっている。

(あっ、そこは！)

ショートパンツのすそより内側に指が食い込んだ。声には出さないが、眉を怒らせた眼差しでその手を見つめる。

そんなところを触るなんて聞いていない。指先を敏感な内腿の深い部分に食い込ませてくる。指は割れ目に到達するほどではなかったが、身体が強張《こわば》るような刺激に見舞われた。

処女膣が刹那、収縮した。

「あぁン」

膣口の括約筋がキュッと締まったため、また可愛い声を漏らしてしまった。今度は鼻腔にちょっと響く快感の音色を含んでいた。審査員も笑わずに、怜奈の脚のつけ根をまんじりともせず眼を凝らして見ていた。

怜奈は大きな瞳が羞恥と心ならずも生じた快感のせいで、キラリと涙色に光った。

その潤んだ瞳が、村雨が求める「清楚な少女のセクシーさ」を怜奈が持っていることを証明していた。

怜奈は審査の順番が九人のうち最後から二番目だった。長かったオーディションもまもなく終了した。

審査結果は三十分ほど控え室で待たされるだけで、即決発表されると聞かされていた。怜奈はほっと一息つく間もなく、結果発表を聞くことになった。少女たちは九人入るには狭すぎる控え室に閉じ込められるように入れられて、結果発表を待った。

怜奈はほかの少女たちとともに、ショートパンツ姿のまま審査員たちの前に並んだ。ビリビリ緊張して臨んだオーディションの最後に、その緊張が極点に達するときが来た。

審査の結果、最終合格者三名が決定した。

新倉真沙美《にいくらまさみ》、須山葵《すやまあおい》と名前が呼ばれ、最後の一人を待つ間、怜奈は息が詰まる思いがした。

「小谷怜奈！」

自分の名前が呼ばれた瞬間、怜奈は涙が溢れそうになった。

唇が震えている。だが、一番人気の子供モデルをやってきた矜持《きょうじ》から涙は見せなかった。

舞台に立てる三人の中に入ることができた。親の反対を押しきって出たオーディションだけに喜びも大きかった。

ほかの二人も涙を見せることなく喜びを嚙みしめる顔には見えたが、それほど声をあげることもなく笑顔で審査員とやり取りをしていた。

真沙美と葵は友だち関係のようで怜奈は会話の中に入れず、やがて二人いっしょに更衣室に姿を消した。

怜奈も更衣室へ行こうとしたが、村雨に呼び止められた。

「ちょっとお話ししたいことがあります」

村雨がつかつかと近寄ってきた。

怜奈はまだ熱気冷めやらぬオーディション会場に、キャミソールとショートパンツを身に着けたまま立っている。

村雨に正面に立たれて、見下ろされた。背が百八十センチ近くありそうで体格がよく、髭面《づら》の強面は少し恐い。

「よかったね。合格そして採用おめでとう。実は、僕は怜奈ちゃんを一押しだったんですよ」

「あ、ありがとうございます」

怜奈は少しドギマギしてしまう。大柄強面の村雨にしては話し方が丁寧で優しい。

「脚があまり上がらなくて、心配じゃなかった？」

「はい。自信なくて……」

怜奈はコクリと頷いた。

「じゃ、ちょっとやってみよう。右脚で蹴り上げてみて」

キックなんか今求められても少し面食らってしまう。もちろん怜奈は言われたとおり村雨の前でやってみた。前蹴りで脚を肩より高く上げた。すると、村雨がさっと怜奈の上げた脚を摑んだ。

「もうちょっと脚上げて……もうちょっと……そうそう」

足首を摑まれているが、なぜか太腿も摑んで脚を上げさせようとした。審査のときのオドロと同じだ。求められているのがセクシーポーズだとわかる。

（何かおかしいわ。エッチなのかも？）

怜奈は美脚に生じた快感によって心を乱された。

「格闘技の演技が上手《うま》い子はたくさんいるけれど、関係ないしね。演技するときの表情、雰囲気、女の子らしさ、もっと言えば品のよさなんだ。大切なのは……」

脚はすぐ離したが、ポコッと飛び出す形の幼乳を目の前で視野に収めながら、話をしている。

怜奈は手で隠すわけにもいかず、羞恥から視線が狼狽えるように揺れた。

「怜奈ちゃんは身体がスラッとしているから、テレビ放送だったら、けっこう大きく見えるよ。大人の身体の線を持ってるから」

そう言われて悪い気はしないが、ノーブラの胸を舐めるように見られている。怜奈はつい最近ジュニアブラジャーを身に着けるようになったばかりだった。飛び出し気味の小ぶりな乳房への視線は苦手だ。思わずちょっと手で隠しそうになった。

その一瞬の仕草を、村雨は見逃さなかったようだ。

「オッパイの形がわかるけど、気にしなくていいよ」

気にするなと言うが、わざわざ言う必要はないように思う。言われたら、かえって気になってしまう。

「この厚みがある乳首が、大人よりもっとエロだよ」

言われてドキリとした。日ごろから怜奈が気にしているのが大きめの乳首、乳輪なのだ。

指で乳首を差して故意に卑猥に言ってくる。それが怜奈はわかるし、指が近いので触られそうな気もして警戒心を起こしてしまう。

「後ろは？」

腰に手を回された。

「えっ……」

指が腰に触れてお尻を見せるように催促された感じだった。少し横を向くと、首を伸ばしてお尻のほうを覗き込むように見られた。

「横向いてぇ……うーむ、お尻が突き出すのは、立ち姿で自然に腰が反るせいもあるだろうが、やっぱり普通の子よりお尻が後ろにボンと出てる」

直接的に言われて、怜奈は顔が強張った。モデルのときから慣れているので、横向きのポーズがヒップラインを見るためだとわかっているが、ただエッチな言い方は気になってしまう。

村雨が怜奈の後ろに立った。背後からの視線は苦手だ。

「日本人離れしたアップしたお尻だね。脚のつけ根が尻たぶで隠れずにすぐ下に見えて、ヒップから足首までスラッと長く見えてカッコいいよ」

怜奈は褒められて嬉しくないわけではない。去年所属事務所で行われた水着モデルの審査で優勝したとき、左右の尻たぶが完全に丸いWの形をした綺麗なお尻だと言われたことを覚えている。

怜奈は尻たぶが大きな桃を二つ並べたように突き出して、完璧な形のよさを見せている。ウェストが大人のくびれと同じで、容貌だけでなく下半身に関しても美少女の条件を完全に備えていた。

「怜奈ちゃんは年齢から言ってもティーンではなく、ロリータだ。これが大切なんだよ」

何を言いだすの？　と村雨に疑問を感じた。

「成長したティーンではないロリータだから魅力があるんだ」

「あぁ、いやぁ……」

ロリータって言わないでほしい。でも、村雨の言う意味はわかる気がする。わたしたちって、大人が女として見てはいけない対象のはず。性的な眼で見るなんて間違ってる。でも、大人の人が子供の年齢の少女をちょっと恐い欲望で見たり、扱ったりすると、すごく興奮するらしいけれど……。怜奈はモデル時代から感じていたことを今、いっそうリアルに意識させられた。

「バストとヒップの大きさのアンバランスは、大人と少女の違いを感じさせるね」

「あぅ……」

またあからさまに言われ、黒目勝ちの大きな瞳を瞬きさせてしまう。大人に直接的にそんなことを言われたことはなかった。

「大衆受けしないタイプというか、ルックスだね。正統派だよ。それがまたいい」

顔をまじまじと見られている。

「顎と口が小さくて、頬がふっくらしてる」

顎を手で触られながら言われた。

「い、いやぁ……」

村雨は劇団の演出家だが、元々ジュニアアイドル専門のビデオ監督だった。だからセクハラ体質ではないかと怜奈は勘ぐった。

「モデルをやっていただけに、ルックスもプロポーションも抜群に綺麗だ」

怜奈はウェストからヒップ、脚までのボディラインがととのって、身体全体のバランスがよく、隙がない。

村雨にじっと身体を観察するように見られながら、背中から脇腹、腰まで撫でられて、ゾクッと悪寒《おかん》が走った。

やっぱりモデル、特に少女モデルに対して大人の男の人は興味津々なのかなと、ふと疑り深くなってしまう。モデルだから身体の線をじっくり見られる。モデルはぱっと見の容姿だけで判断されると思っているのだろうか。

モデルについてクラスの子が「おじさんたちが見てるわよ。眼から怪しいビーム出して」と言って揶揄《からか》ってきた。でも、あながち外れてはいない。そういうじっと見つめる視線は何度も感じたことがある。はるかに年上の本物のおじさんが女を見る眼で見てくる。若い男もじっと見つめるし、そういう人たちがオタクというキモイ人たちだということもわかる。

あぁ、スカートが捲れることを期待してる。捲れなくても立ったりしゃがんだりするとき、脚の間からショーツが覗けることがある。その瞬間を逃さずに見ようと構えている。そんな大人たちの視線は痛いほど感じてきた。

今、前に立っている村雨という演出家もその傾向がかなりありそうに見える。直感でわかるし、現にじっくり観察するように視線を全身に這わせて品定めしている。何でも、すぐ干渉してくるクラスの子たちのほうが嫌いだ。自分は何もできない。何もやる気がなくて、噂ばかりしようとする子たちが一番嫌い。

「色白だね。将来すごい美人になるよ」

怜奈の白肌には日焼けのあとはほとんど見られない。モデルの仕事が長い怜奈は一年中日焼けには気をつけている。

「三人の中で、君が一番可愛いよ。頑張って主役になろうね、君ならできるから……」

強面の村雨に妙な猫なで声で言われた。嬉しい半面、どこか気持ち悪く、疑う気持ちにもなる。

「顔つきに美少女にありがちな冷たさがないんだ」

また顔をまじまじと見て言われた。怜奈はわかるような気がした。他人から冷たいとかきつい感じとか言われたことはない。

村雨は最初からスキンシップが行きすぎているような気がする。怜奈は身体に触れて多少むずかったが、無碍《むげ》に嫌がるようなそぶりは見せないようにした。励まされてもいるわけだから、怜奈も笑顔を見せて頷いた。

「白い肌がピンと張ってたるみがまったくないね。コンパクトな締まった身体だ。筋肉の硬い感じもない」

キャミソールのすその下で露出しているお腹を指先で横にすーっと撫でられた。怜奈はゾクッと身震いして身体をよじった。

「怜奈ちゃんは普通の意味で女の子らしさに溢れてる。ふくらはぎがまた綺麗なんだ」

脚も撫でられた。怜奈はモデルだけあって、少女でも長いセクシーな脚線美を誇っている。流線形のふくらはぎも伸びやかな美脚の一部として長くすらっとして綺麗だった。

視線や言葉のセクハラからエスカレートして、くびれた腰、腹、幼い美脚を指先で撫でられ、感じさせられた。怜奈は気持ちの中で葛藤が生まれたが、希望を持たせることを言われたのも事実だ。

でも、普通、演出家が個人的に主役になれるなんて言うだろうか。配役の話なんてまだまったく出ていないのに……。怜奈は不思議な気もした。

一番可愛いという言葉は単純に嬉しいが、怜奈が不安なのは合格者の一人である新倉真沙美が大手芸能事務所バーチャルに所属していることだった。バーチャルは『戦隊美少女・マリン』の公演費用の大半を出していた。オーディションは一般公募だから事務所を通してではないと建前ではそうなっているが、やはり強いコネがありそうだ。この劇団ωは元々ジュニアアイドルのビデオ業者で、最近バーチャルと提携して劇団を起ち上げたと聞かされていた。

（あぁ、でも……。わたし絶対、主役になりたい！）

オーディションの段階でセクハラまがいのことをしてくる劇団である。戦隊美少女・マリンのオーディションは、ルックスもプロポーションもいい少女たちが、大人の男たちに女として品定めされるようなものだった。

怜奈はほかの少女たち九人と同様に、恥じらいながらも素肌に極薄のショートパンツとキャミソールをピッチリ貼りつけて、与えられた課題で演技とダンスを披露した。前向きな凛とした気持ちで少女のすべてを見抜く審査に耐え、勝ち抜いたのだ。

今、嬉しさと希望、不安と羞恥が怜奈の心中に混在し、せめぎ合っている。

ふと、仕事のことで過去を振り返った。モデルの事務所を三回も移籍したが、その原因は主に撮影会にあった。

わたし、わかってる。男の人が何を望んでるのか……。モデルのときずっと経験してきたから、わかってる。

スカートの中、見たいんでしょう？

それに、女の子の前のところも……。スジって言い方をして写真に撮ろうとしてる。

男性不信というほどではないが、警戒はしている。嫌な顔一つせずに笑顔でその手の男をさらりとかわす術《すべ》を身につけてきた。

だが、オタク男性とのトラブルで親が事務所と対立した。聞かされていなかった撮影会や握手会を始める話をされて揉めたりした。

怜奈は自分の夢を変な男やすぐ怒る親に邪魔されてきたと、常に不満を持っていた。

(でも、負けない。頑張る。わたし、成功すると思う。だって、わたし……か、可愛いから！)

自分に自信を持とうと思っている。怜奈は夢見る乙女の純真を失いはしない。

第二章　美少女開脚艶技指導

翌日から早速『戦隊美少女・マリン』の稽古が始まった。ωはまだ新しい劇団のせいか、それほど大きくないレンタルスタジオが稽古場だった。怜奈はネットのマップで確認して行き、エレベータに乗って五階のスタジオに入った。

指定された時間よりかなり早く来て、ドアをノックしてからちょっと薄めに開けてみたが、すでに村雨や劇団員と思われる男性や女性がいて何か準備をしているように見えた。村雨が部屋の隅で団員を叱るように声をあげていたので、部屋に入るとその村雨にも聞こえるように挨拶した。

「おはようございます。小谷怜奈です。よろしくお願いします！」

怜奈はモデルの仕事の経験があるものの、緊張しながら大きな声を出した。

「おお、早いね」

村雨が笑顔になって、怜奈のところに来た。

怜奈は靴を脱いで、ピカピカに磨かれた稽古場の真新しい硬い板の間に上がった。壁一面の大きな鏡に自分の姿が映った。

村雨に顎でちょっと指図された若い女性団員が、稽古着なのか服を持ってきた。

「今日から稽古だけど、最初だからまあ、難しく考えなくてもいいよ」

怜奈が渡された服をちょっと広げてみようとすると、村雨は十五分以上早く来てしゃちほこばっている怜奈の気持ちをほぐそうとするように言った。怜奈はニコリと笑みを見せて会釈した。

怜奈は稽古着のことは言われていなかったので、ほとんど手ぶらでやってきた。女性団員にキャミソールとミニスカートを渡されたが、キャミソールはオーディションのときのもので、下は小さなプリーツミニだった。

まだ新倉真沙美と須山葵は来ていない。怜奈は村雨に台本の中の訂正箇所や今日のスケジュールについて二、三説明を受けたあと、一人で更衣室に入って渡された服に着替えた。

（あぁ、こんな短いスカート、丸見えになっちゃう！）

渡されたときからかなり短いことに気づいていたが、スカート丈は股下三センチというところだ。腰にヒラヒラした飾りをつけているようなものだった。色は原色に近いブルーでキャミソールのピンクと合わないことはないが、キャミソールのゴムのような弾力を持つポリウレタン生地とは材質が見た目にもはっきり違うコットンで、かなりアンバランスだった。

それにしてもほんわかしたムードをつくろうとしているのか、大柄で髭面《づら》の村雨は強面《こわもて》なのにオーディションのときからやたら優しい声で語りかけてくる。柔らかい物腰で何か隠しているような気がしてならない。

怜奈はある種覚悟を決めて着替えたものの、恥ずかしさからしばらく更衣室を出ることができなかった。やはり材質の違うスカートを見ると、パンチラのためだけに急遽その超ミニを用意したのだと思った。

そうするうち、ドアの外で話し声が聞こえて、まもなく真沙美と葵が入ってきた。

「あっ、怜奈ちゃん……もう、着替えたのね」

怜奈は前に立つ真沙美に眼を丸くして見られて、手でちょっとプリーツミニの前を押さえた。葵も超ミニに少し驚いている様子だ。どうせ二人とも同じように、パンツ丸見えが予想される姿になるというのに、どこか笑ったような眼で見られた。

二人は平気な顔をして、キャミソールとプリーツミニに着替えた。

「これ、きっとアダルト商品よ」

真沙美が言うと、

「そうそう。こういうの見たことあるもん」

葵も穿いたスカートのすそを指でつまんでヒラヒラさせている。そして、更衣室の隅にある壁の鏡の前に立って超ミニを捲り上げた。

「いやぁーん」

と、葵は水色のセミビキニショーツを丸見えにさせて、わざとらしい可愛い声をあげた。お尻を鏡に向けて、腰をくねらせてみせる。

「あはは、何がいやーんよ。あの変態演出家にこれからとことん辱められるのよ、わたしたち」

真沙美は他人事《ひとごと》のような言い方をした。荒《すさ》んだ言いように、怜奈はこれまでのモデルの仕事から来るプライドが否定されるような気持ちになった。

「怜奈ちゃんはどんなパンティ？」

真沙美が怜奈が穿いている超ミニに手を伸ばしてきた。

「やン」

スカートを捲られそうになって慌てて前を押さえたが、白いショーツが見えてしまった。

「可愛い。純白で、フリル付きね」

真沙美がちょっと悪さすると、葵もそばで見ていて手を伸ばしてきた。

怜奈は腰をひねろうとしたが、横からさっと捲り上げられた。

「よして。ふざけないでよ」

両手でスカートを押さえるが、お尻のほうが覗けて真沙美もまだ捲ってくるので、ほぼ丸見えになった。

「どうせ、パンツ丸見えの見えまくりで、本番の公演だってそうなんだから。見せ合いっこしましょう」

真沙美は怜奈のスカートから手を離して、葵と同じように自分のスカートを捲ってみせた。ピンクのツルツルしていそうなパンティが露《あらわ》になった。葵にまた捲られそうになった怜奈は、あまり強く拒んで二対一で仲が悪くなるのもいけないと思い、自分で捲ってみせた。

今日穿いてきたのはコットンショーツなので、ポリウレタン生地のショートパンツのような異常な密着感はないが、ぶかぶかした女児ショーツでもない。モデルを長くやってきた怜奈は下着もダサいものはいっさい穿かなかった。

最近はローティーンの少女でも、大人と大差ない派手な下着を穿く時代になっている。怜奈も派手な柄、色合い、レース、ビキニなどさまざまなジュニアショーツをコレクションするように持っていた。それがファッションセンスを養ううえで大切だと、業界の人から聞かされていたし、個人的にも大人びた下着を穿いてみたかった。怜奈は桃尻丸出しのTバックとシースルーに近い総レースも一枚ずつ持っている。

しかしながら、人前で自分のショーツを晒さなければいけないなんて、恥ずかしくて仕方がないというのも本音である。オーディションのとき穿かされたショートパンツは過激なものだったが、審査用のコスチュームという括りがあるし、みんな同じものを穿かされたので、ある種羞恥を共有してどこか割り切れた。次からはスパッツを穿いてくるという手もあるが、これまでの劇団ωの方針からすると認められそうにない。

「わたしも白にすればよかった。少女の清純パンティが一番男をドキリとさせるもん」

葵が自分の水色のショーツの前をそろり、そろりと手で撫でて、怜奈の純白の言わば清純ショーツのお尻のほうを覗き込む。

「もう、いいでしょ。稽古場に出なきゃ」

怜奈は女の子同士のセクシュアルなふざけ合いは苦手なので、早々に切り上げて丸見えだろうが何だろうが、真剣に演劇に取り組む覚悟をしていた。

光沢のある硬い板の間の稽古場に、破廉恥な超ミニスカートと乳首のポチポチが露なキャミソールの姿で立った。そこには変態演出家と真沙美が軽く言ってのけた村雨がいる。

村雨の視線が怜奈たち三人の超ミニプリーツに注がれた。

「これ、やっぱ、めちゃ短い……恥ずかしい！」

葵が無邪気な笑みを見せながら、超ミニのすそを指でつまんでひらひらさせてみせた。

「戦隊美少女って、パンチラ攻撃もするんですか？」

真沙美は村雨にやや挑発的に訊《き》いた。

村雨は顔色が変わって無表情になった。

「ミニスカで戦隊をやってもらうけれど、実際の公演ではもうちょっと長いスカートだよ。それに、パンチラが売りの劇じゃないんだ」

村雨はそう言うが、怜奈は現にパンチラがあるわけだし、それもかなり頻繁に行われそうな気がした。ただ、演劇の内容上仕方がないと思っている。派手な格闘シーンの繰り返しで、ミニスカート着用ならば見えて当たり前だった。

ただ、戦隊であれ、ほかの少女戦士ものであれ、コスチュームが貼りついたいたいけな少女の身体を性的嗜好でマニアックに眺めたり、異常に短いスカートから覗ける疑似ショーツの内側の具の形を見ようとする観客も多い。そんな本来の見方と異なる楽しみ方をする観客を当て込んで劇がつくられている。怜奈は本心では応募したときからそのようなことは想像していたし、覚悟もしていた。

「今日から戦隊美少女・マリンの稽古に入りますが、いちおう仮の配役を決めておきます」

村雨の言葉を聞いて、怜奈は眼を白黒させた。最初の稽古で配役が決められるなんて思っていなかった。真沙美たちも驚いているようだ。

「戦隊美少女は主役のニビル星聖女のマリン、日本人のほのか、中国系の蓮華《れんげ》の三人です。まずマリン役が新倉真沙美ちゃん、ほのか役が須山葵ちゃん、蓮華役は小谷怜奈ちゃんです」

怜奈はショックだった。マリン役は真沙美が務めることになった。もう団員たちが集まっていて、彼らから「オー」という声が聞こえてきた。団員はまだコスチュームは身に着けていない。Tシャツやらジャージーやらを着ているので、現実感があって怜奈は逆に緊張させられる。

ωは公演費用のほとんどを出資する大手の芸能事務所バーチャルと提携してつくられた劇団であり、真沙美はそのバーチャル所属のタレントだった。演出家の村雨に気を持たせるようなことを言われた怜奈だが、やっぱり……と項垂《うなだ》れてしまう。

確かに真沙美は背も高く見映えはするが、どこかチャラチャラして軽いし、あまり品がない。葵も同様で、二人は似ている。真沙美は一つ年上で、葵は怜奈と同い年。背は怜奈より少し低い。

真沙美は大手芸能事務所のタレントだが、怜奈はテレビでは一度も見たことがない。葵は一般の応募者で、まったくの素人のようだ。

「あくまで稽古のときの仮の配役です。配役の本決定は二週間後です」

村雨が言うが、怜奈はほとんど耳に入らなかった。

怜奈はどうしても真沙美と自分を比べてしまう。わたしのほうが可愛いのに、演技だって上手《うま》いのにと、所属事務所のコネのことで不満を持った。とは言え、今は稽古に励むしかなかった。

怜奈は村雨に表情を読まれるようにじっと見られたが、まもなく稽古が開始された。台本はもらって何度も読んでいた。暗記してしまったところも多かったが、今日まで配役については何も聞かされていなかったので、怜奈はマリンの台詞や行動、格闘のシーンを覚えていた。

「普通は発声とか、基本動作から始めるんだけど、ここにいる三人は演劇のお芝居は初めてだから、まず、ショック療法もかねて、大勢の観客に見られる緊張とか、羞恥心とかを綺麗さっぱり取り除くことから始めようと思う」

怜奈はじっと聞いていて、ショック療法、羞恥心という言葉が気になった。

「ですが、まあ、劇の展開に従って演技を覚えるかたちで行いますので、一石二鳥。むふふ、必殺技のマリンビームです。台本読んで知ってると思いますが」

確かに台本に書かれていた。光線銃で魔界軍団をビーム攻撃するシーンである。

「ビーム発射には二つパターンがあって……。えー、どちらも大きな開脚が必要です。難しいのがY字バランスで、もう一つは、床にお尻をつけてやる百八十度開脚のマリンビームです」

怜奈は話を聞いて、顔が少し青ざめた。開脚ってなぜ必要なの？　わからない。

「百八十度ぉ……恥ずかしい！」

「そんなに開けません」

葵と真沙美が次々声をあげた。団員が何人か苦笑した。

「大股開きで、少女好きなスケベなワルどもを油断させておいて、ビームで鬼退治ってな具合さ」

「えーっ」

葵がしかめっ面になって、のけ反るような仕草をしてみせた。

村雨が「じゃあ」と、そばに立っていた女性団員に目配せした。

「マリンビームをやってみます。まず床にしゃがむほうからです」

プロポーションのいい女性団員が実演してみせようとした。床にしゃがんで、身体をわずかに後ろにのけ反らせる。背後の床に片手をつけて支えておき、思いきり開脚した。

「あっ、まんぐり返し！」

真沙美が卑猥な言葉を口にした。また「あはは」と団員が笑った。

「違いますよ。脚は曲げません。伸ばしきって上げていきます。左手で後ろ手に身体を支えて、ぐらつかないようにして、大きなV字開脚です」

言いながら、少女に酷な羞恥ポーズを披露する。百八十度とは言えないが、それに近い大開脚である。

「開いた脚の間からまっすぐ右手を伸ばして、光線銃を敵に向けて、マリンビームと大きな声を出して撃ちます」

女性団員は銃は持っていなかったが、大股開きの脚の間から手を伸ばしてマリンビームをしてみせた。

「あぁ……」

今度は怜奈が羞恥の溜め息のような声を漏らした。

(V字開脚ですって？　V字なんて言えない。開きすぎだわ。しゃがんだだけでパンツが丸見えになる超ミニで、こんな、お、大股開きをさせるなんて……)

葵や真沙美のように声に出しては言わないが、心の中で羞恥の悲鳴をあげていた。

ただ、団員たちは気をつけているのか、クスリとも笑わずに女性がしてみせるポーズを見守るだけだった。

「マリン、ほのか、蓮華の三人が同時に百八十度開脚することで、最大パワーのトリプル・マリンビーム攻撃が可能という設定なんだ。さあ、三人同時にやってみよう。ガバッと開いて、トリプル・マリンビーム！」

村雨がいかにも嬉しそうに命じてきた。

「あなたたち少女は、大人より股関節が柔らかくて、よく開くはずですよ。パカァと……」

村雨に呼応するように女性団員が妙な言い方をしてきた。「少女」はという言い方も、その声の響きも含めていやらしい言葉に聞こえた。

怜奈はほかの二人とともに、必死に脚を開いて求められるポーズを取った。股間に痛みは感じたが、ほぼ百八十度に開脚することができた。コンパクトな股間が、内腿の筋がピンと張って伸びるまで開脚することによって、卑猥に開ききった。

「マリンビーム！」

三人同時に声をあげた。

村雨や男性団員たちが見ている前で、純白のショーツがあからさまに露出した。パンティの縁ゴムについた無数のフリルが可愛くも卑猥に怜奈のお股をデコレイトしている。

確かにニヤニヤしたり、声に出して笑ったりする者はいない。だが、表情には出さずに丸見えのパンティをじっと見てくる。怜奈はオーディションのとき穿かされたぴったりフィットのショートパンツとは別種の恥辱感を味わわされた。衆人環視の下、自分の生パンティを露にさせて行うマリンビームは泣きたいほど恥ずかしかった。救いはその羞恥を三人で分かち合っていることくらいだった。

少女のエロスを期待する男にとって一番の見せ場がやはりこのシーンになっている。

見ている大勢の団員の中にはズボンの前が膨らんでいる者もいた。

「うーむ、三人の美少女が同時にマリンビームをやると、やっぱり壮観だなあ」

村雨がうなる。怜奈は感心するように言われたくはない。ますます恥ずかしくなってしまう。マリン役の真沙美が前で、その後ろに怜奈と葵が並んで、三人いっせいに大股開きである。脚の間から手を伸ばして銃を構える格好がおかしみと卑猥感を醸し出している。

「次に、Y字バランスのマリンビームです。ちょっと難しいですよ」

女性団員はまず真沙美にやらせた。片脚を頭の高さまで上げさせて、自分の足首を掴ませた。よろけるので女性団員が支えて脚を高く上げさせておき、何とかY字バランスのポーズを取らせた。

「ああー、きつぃ……」

「頑張って」

今度は光線銃は使わない。二本揃えて指先を眉間に貼っていた紫のエメラルドのシールジュエリーに当てて、かん高い声で決めの台詞を口にした。光沢のあるピンクのパンティが丸見えになっている。

怜奈も同様にY字バランスのポーズを取らされた。やはり大股開きのため、両側に微小なフリルがあしらわれたクロッチがピンと張ってくる。

真沙美のスレンダーな身体がまたぐらついて両脚を床につけた。片脚を上げてやり直す。怜奈も同様に繰り返した。

「まだまだ」

村雨は怜奈にも言っている。

「あぅう」

団員にビデオカメラで開いた股間をアップで撮られた。

「脚を五秒間上げることができるようにしよう。実際はもう少し短いけれど、これは訓練だから」

村雨に求められて、怜奈は先が思いやられた。その難しいポーズをマスターするまで、スカートの用をなさない股下三センチの超ミニプリーツから純白ショーツを何度丸見えにさせなければならないのか。

Y字バランスはかなり繰り返されて、三人にやや進歩が見えてくると、練習が一段落した。団員たちは始終まわりにたむろして見ていたので、怜奈は彼らと眼を合わせないようにしていた。それでも好奇の眼で見てくる圧力はすさまじく、さすがの真沙美や葵たちも顔を赤らめていた。

「ちょっと確かめてみましょう」

団員がビデオカメラのモニターを怜奈たちの前に出して、映像を再生した。

「いやぁン、丸見え。自分のショーツは恥ずかしいわ……」

葵が悲鳴をあげた。本気で情けない声になっている。

「恥ずかしい、ピンクだもん。完全に見えちゃってる」

どこか割りきっているようにも見えた真沙美も、羞恥の声をあげた。

「女子はピンクなんて当たり前だよ」

村雨が苦笑するが、真沙美は「でもぉ」と、意外に恥ずかしがり屋の一面を見せている。

もちろん丸見えは怜奈も同様である。片脚を頭に近いところまで上げれば、股間が全開してしまう。葵がいみじくも言った自分の下着だから恥ずかしいという気持ちは怜奈もまったく同じだった。

「怜奈ちゃんも頑張ったね。股関節が柔らかいんじゃないの？　こーんなに」

村雨が言ったとき、映像では怜奈の股間がアップされていた。そこだけ映す必要なんてないのにと、見ている表情も強張《こわば》ってくる。

「身体の隅々まで映像に残さなければ、適切な演技指導ができないからね」

村雨は怜奈が羞恥する表情を見て、何か誤魔化そうとでも思ったのか、言い訳するように言った。

怜奈はとにかく恥ずかしい演技のすべてが口実のような気がしてならない。思春期の少女としては超ミニスカートから今日穿いてきた自分のパンティが露出するのは羞恥そのものだった。

「大人は演技の建前で、わたしたちみたいな子に脚を開かせるのが好きなのよ」

休憩が入って、更衣室で真沙美がそうこぼした。

公演のときスカートは長くなると言うが、どうせ超ミニだろう。まさか本番でも本物のパンティを穿かされるのではと不安になる。いずれにせよ、始まったばかりでこうなのだから、これからも真沙美が言うように演技にかこつけた恥ずかしい稽古が続きそうだった。怜奈は徐々に諦めにも似た思いになってきた。

その後、怜奈たち三人は開脚だけでなく、腰をグラインドさせるセクシーな動きを演じさせられた。ダンスシーンもあって、曲に合わせて腰を激しく前後動させられた。魔界軍団の兵士たちとともに行うダンスや演技だった。彼らから何度乳房やお尻に触られたことか……。

ただ、台詞もある実際の演技に近い稽古になると、中国系格闘少女の役でチャイナミニドレスと疑似ショーツ着用となり、ようやく異常な生パンチラから解放された。

怜奈はこのままよくわからない中国格闘少女に決まってしまいそうな気がした。半ば挫折感も引きずりながら、毎日羞恥に満ちたセクハラまがいの稽古に励んだ。

だが、しばらく日が経って、村雨がまた気を持たせるようなことを言ってきた。

「頑張り次第では主役になれるよ。バーチャルの門田《もんだ》社長が君を推している。やる気ある？」

顔をじっと見られて、そう訊かれた。村雨も真顔で嘘がなさそうに見えた。

門田社長は初めて聞く名前だった。でも、バーチャルが公演費用を負担している話は聞かされていたので、世間を知らない怜奈でもその社長が自分に目をかけてくれているとなれば、主役をゲットできる可能性がかなり高くなったことくらいはわかる。

村雨に訊かれて、怜奈は「はい！」と、即座に力強く応えた。諦めかけていた主役になれる希望が湧いてきた。

この日は、稽古場に間宮亜紀《まみやあき》というバーチャルの女子社員の姿もあった。美人だが、色気ときつい眼差しが気になった。

「主役になるには、みんなが納得する演技力が必要だよ」

真沙美と葵が帰ったあと、村雨からそう言われて、怜奈一人が演技指導を受けることになった。まだ社員の間宮亜紀もいて、自分を見る眼がどこか怪しかった。バーチャルの社員が常に見ていることに疑問を感じた。

「美貌と上品さとエロスが求められるマリンに相応《ふさわ》しいのは、怜奈ちゃん、君だよ……」

村雨は強面の表情を和らげて微笑む。その取ってつけたような笑みがかえって信用できないし、それ以上に恐怖を感じる。

怜奈は純白のレオタードを渡された。

なんの変哲もない白のレオタードだと思いきや、直に手に取って見てみると、審査のとき悩まされたポリウレタン生地のショートパンツよりはるかに生地が薄かった。

（あぁ、これじゃ乳首も、あそこも透けちゃう！）

怜奈は恥ずかしい姿が予想されるので狼狽《うろた》えてしまうが、裸になって素肌の上に着るしかない。ブラジャーやショーツを着けたままなんて許されるはずもない。

怜奈は泣くなく更衣室に入って全裸になり、レオタードに片脚ずつ入れて穿いた。

ぐっと肩まで引っ張り上げたところで、柔らかい生地が伸びてストッキング並みに薄くなっていくのがわかった。肌理《きめ》細かな怜奈の美肌が妖しく透けている。

「いやっ、裸と同じだわ」

切れ込みが鋭いハイレグで、少女そのものの前の膨らみが細長く絞られてエロな様相を呈した。股間のクロッチが当て布なしの一枚生地で心もとないほど薄い。この前、自分の生パンティをとことん晒して、羞恥の涙を流しそうになった。そんな屈辱から解放されて一息ついたのも束の間、透けすけレオタードで新たな辱めが始まった。

「まあ、セクシー。こんなセクシーな女の子見たことないわ」

更衣室から出ると、亜紀からどこか大げさに言われた。

羞恥に顔を赤らめ、唇を噛みしめて村雨の前に立った。

乳首も割れ目も透けて見えているはず。羞恥してもじもじしてしまう。

「男は僕だけだから、恥ずかしがらなくてもいいじゃないか」

村雨が言うが、怜奈は「あなたが見てる……」と、言いたかった。

鋭角の逆三角形クロッチはハイレグレオタードなので幅がごく狭い。大股開きで大陰唇が平たくなり、クロッチの外にはみ出してしまった。クロッチギリギリまで左右の小陰唇がいっぱいに入って、ぷっくり膨らんでいるのが卑猥だった。クリトリス包皮の長い三角帽子の形も透けて見えている。

「むふふ、怜奈ちゃんはローティーンの少女だからこそ、ずっと年上の男性一般に対して性的魅力を振りまいてしまうんだよ」

突然何を言うのかと、怜奈は面食らった。大人の男に都合のいい言葉にすぎない気がした。

「戦隊美少女はそもそも同じくらいの年齢の男の子に対してではなくて、大人に対してアピールするためだからね。そういうつもりでやってもらわないといけない」

村雨はそう言うと、まずキックの練習から入って、マリンビームに移った。

村雨はトリプル・マリンビームという大股開きで行うビーム攻撃のポーズを要求してきた。村雨に正面から見下ろされている。

開脚が恥ずかしい怜奈はもじもじして九十度ほどにしか開けない。前にやったときは多くの団員に見られながらではあったが、真沙美や葵とともに三人でやったので、マンツーマンでやらされる孤立感や恥辱感はなかった。

「もっと開いて。ガバッと！」

「ああっ」

村雨の言い方は卑猥で容赦なかった。怜奈は言葉だけで身体がピクンと引き攣るように反応してしまった。

結局、観念するように羞恥の開脚となった。

（見ないでぇ……）

無言で祈りながら、おずおずとスレンダーな幼い美脚を開いていく。

だが、村雨や新しく加わった亜紀に見られているとふと我に返る感じで、また脚を閉じてしまった。

「だめだ。ちゃんと開いて……」

急《せ》かされて足首を摑まれ、無理やり左右に拡げられた。

「アアアッ」

鋭く叫ぶが、それ以上拒否する声が出なかった。床にお尻をつけて、ほぼ百八十度の開脚を披露した。

怜奈は透け感と密着感の強いレオタードのクロッチの圧迫で、左右に開いた肉の花びらを感じている。直接見ることができなくても透けて見える肉唇の存在を痛いほど意識した。

「お、おおー」

妙な声が聞こえてきた。その声だけで村雨の本質がわかる。最初の物腰の柔らかさ、優しそうな声の裏に隠していた正体を晒してきた。

村雨にスジどころではなく、性器の複雑なつくりそのものを視姦されていく。

怜奈は自分の恥裂とその内部を、いまだかつてはっきりとその眼で見て確認したことはない。小陰唇までなら目視したことがある。手鏡など使ってまじまじと見ることは躊躇《ためら》われて、生理後に掻痒《そうよう》感に悩まされたときに一度鏡で映して見てみたくらいだ。そのときも恥ずかしさから一瞬見ただけだった。

じっと見る村雨の顔が、牽引ビームが出ているかのように怜奈のお股のほうへ引っ張られていく。少しでも指を伸ばせば、秘穴でも肉芽でもツンツンと突ける距離にあった。

たとえ演劇の稽古であっても、思春期の少女に決して取らせてはいけない大股開きのポーズである。完全なセクハラ行為であることは怜奈もわかっているが、主役の座をゲットしたい一心で耐えている。

「あぁ、薄いからぁ……あ、あそこが見えてるぅ……いやぁぁ！」

もう女の子の秘密のお肉を薄いベール一枚通して見られている。目の前で視姦され放題だ。

「毛はまだ生えていないから、いいじゃないか」

「い、いやぁっ！」

お股を見ながら言われて、手で肉襞をさっと覆って隠した。

「隠しちゃだめだ」

ピシャリと言われて、またおずおずと手を離す。

恥丘のふもとから奥まった部分まで深い肉溝ができている。自分からは見えないが、そのピンクの恥帯のすべてを透かし見られていることはわかっている。オマ×コを視野に収めながら言われると、怜奈は頬がふっくらして幼い愛らしさを感じる美少女の顔を羞恥で哀しく歪めてしまう。

床につけたお尻が痛いが、容易には許されなかった。もっと脚を上げるよう催促された。葵が言ったまんぐり返しほどに両脚を上げさせられて、左右の二本の脚を村雨と亜紀にギュッと摑まれた。体位を固定されたのだ。

「この子の丸いお尻、完璧な球体に近いですね」

亜紀が言う。腰が少し浮くまで脚を上げたので、お尻の丸みがよく見えるようになった。今度はお尻に眼を向けられた。

「ヒップラインが出る服を着たら、大人の男をドキリとさせるし、電車とかで痴漢されないか？」

「やぁン、されません」

怜奈はお尻をすっと撫でられて訊かれたが、痴漢のことは認めない。これまでどこの誰ともわからない男の手で、その球体に近いお尻を何度も愛撫されている。痴漢されているというのに、可愛いヒップで性的に感じてしまった経験で、女であることの屈辱を嚙みしめた。

お尻が痛そうにしていることに気づいたのか、村雨はやがて姿勢を元に戻させてくれた。

「オッパイは小さく飛び出しているだけだが、身体の線が大人っぽくなってる」

「そうね。プロポーションが並じゃないわ。磨けば光る原石ってところかしら」

村雨が言うと、それを受けて亜紀が怜奈の身体を褒めるようなことを言った。怜奈にしてみればそれは嬉しいことのはずだが、何やらいやらしく品評しているようで、嫌悪感を抱いてしまう。

「もう、女として輝いていて、少女なりにセクシーで、男から見たらゾクッとする」

「まあ、ロリコンねえ」

「はっはっは。可愛いだけじゃなくて、セクシーだから主役になる資格があるんだ」

べらべらと二人の大人に勝手なことを言われ、怜奈は恥ずかしさとともに怒りの感情も湧いてきた。

「稽古にかこつけて……女の子の……あぁ、わたしみたいな年齢《とし》の子の……」

「怜奈ちゃんみたいな子の何だ？」

言いかけてちょっと言葉に詰まると、村雨が訊いてきた。

「あぁ、大事なところを……見たいんでしょう？」

とうとう思い余って声を震わせながら、村雨に問いただそうとした。だが、かえって羞恥にまみれていく。

「まあ、何てこと言うの？」

亜紀が驚いたような顔をしてみせた。

「大事なところって、どこだ？」

村雨には念を押すように訊かれた。怜奈がまた言葉に詰まっていると、

「ここか……」

透けて見えている小陰唇のすぐ外側、開脚で平たくなった大陰唇を人差し指でブスッと突かれた。

「ああっ、触らないでっ！」

怜奈はビクンと腰に反応して、脚を閉じた。

「まだ、ど真ん中には触ってない。むふふふ」

「こんなこと、許されないわ！」

怜奈がこのままだと恐いことが起こりそうで、初めて村雨に抵抗する言葉を吐いた。恐れていたのは完全な裸にされること、そして大事なところと表現した少女の蕾に性的なイタズラをされることだった。

そこは、処女の美しい泉。痴漢でさえ一度だけパンティの上から刹那触れただけで、まだ月に一度の女の子のタブーの日以外、自分の指でも触れることがない。

いや、ごくまれにオナニーをしてしまうから、それだけが例外だが、陰核を包皮の上から指で押していくだけで、膣口にはほとんど触れなかった。

処女穴近くに触られてショックが大きかった怜奈が勇気を振るって抗《あらが》う言葉をぶつけると、村雨は大陰唇を触っただけでそれ以上性的な行為はしなかった。

怜奈は透けた白いレオタードを恥じらいながら、恥裂が口を開け、幼い媚肉が透けて見えてくるまで自ら大股開きを披露しつづけた。まるで羞恥と屈辱を与えて飼い馴らすように練習させられ、極薄のレオタードは汗と涙で濡れてさらに透けていった。

しかも、気づかないうちにクロッチ部分の透け感に大きな変化が起こっていた。処女膣の分泌腺から愛液が滲み出してきたのだ。百円玉くらいの染みができてしまい、恐怖の大開脚で膣口そのものが濡れたレオタードに透けて露になってしまった。

「やっぱりね……」

亜紀がジトッとした陰湿な眼で濡れを見てつぶやいた。何がやっぱりなのだろう。

怜奈は羞恥というより、その女には屈辱感と腹立たしさを感じた。

村雨も鵜の目鷹の目で怜奈の愛液の溢れに注目してきた。

「気にしなくてもいいよ。女の子は露出の羞恥でこうなるんだ。一種の本能だから」

あまりの恥ずかしさでピタリと腿を閉じ合わせる。やや肉がついているとはいえ、少女のスレンダーな太腿では隙間ができて、鋭角な逆三角形に密着したクロッチが大陰唇でプクリと膨らんでいるのが見えた。そして奥まったところが濡れて透けている様子も目視できた。

見られて快感なのはモデルのとき経験している。でも愛液なんて出たことはない。シースルーレオタードの羞恥は尋常ではなかった。股を開いて見せているうちに、屈辱感がどこかへ飛んでいって、恥ずかしさが残り、その恥ずかしさを心の中で受け入れていく。そんな感覚になっていくことが怜奈は恐かった。

主役になるため、演技はしっかり身につけたい。その思いはまったくぶれない怜奈である。恥ずかしいのが当たり前になっていくと、自然に下半身が熱くなり、ジュッと分泌するのを感じるようになった。

「可愛い子ね。わたしも女だからわかるわ。これだけ透けてて、見られ抜いたら……。最初の稽古のときから、衆人環視だったでしょ。そりゃあ、未経験な感じやすい少女は興奮しちゃうでしょうね」

亜紀に自明の理のように言われ、半信半疑だが村雨も同様のことを言うので、だんだん洗脳されていく。ふと馴らされていく自分を意識して、怜奈はぶるっと身震いした。

ヌーディッシュなレオタードの強制による恥辱のあと休憩が入り、怜奈はシャワーでさっと汗も分泌液も流した。そのあと、亜紀に与えられたジュースで喉を潤した。

「怜奈ちゃんは羞恥心が強いから、見られることに慣れるために、実際のものよりセクシーなコスチュームを着る必要があるね」

火照っていた汗まみれの身体がさっぱりして、喉の渇きも潤したと思ったら、今度はコスチュームで辱められることになった。

「本番はレオタードじゃなくて、ミニスカートだから超ミニを穿いて慣れていこう」

村雨に超ミニだというものと妙に小さい下着を渡された。

「えっ、これスカートじゃないわ。いやん、Tバックぅ。あぁ、ブラジャーはマスクブラ……」

前に穿かされたものは超ミニでも、まだスカートではあった。今渡されたのは単なるヒラヒラしたレースの布切れだった。股下何センチかという代物ではなくて、恥丘さえも隠しきれない前垂れにすぎない。ブラジャーはジュニアアイドルがよく着けさせられるジュニア用マスクブラジャーだった。

要するにアダルト下着の姿になれと言うのだ。

「だめぇ、こんなのぉ。前も後ろも隠せない！」

「だから、恥ずかしがりを治すためよ」

亜紀がにんまり笑って言う。拒否できるような雰囲気ではなかった。

「怜奈ちゃん、今度は格闘シーンの演技だよ。難しいけれど、頑張ろう。なにせ主役のマリンになるんだから」

村雨が殺し文句の「主役に抜擢」をちらつかせてそそのかす。

「ほ、本当に、絶対に……マリンをさせてもらえるのね？」

怜奈は涙声に近い声を振り絞って、念を押して訊いた。

「もちろん、ここまで怜奈ちゃんの覚悟と頑張りを見たら、絶対約束するよ」

「そうよ、信じなさい。騙したりしたら、あなただって黙ってないでしょ。モデルの仕事を長いことやってきて、自信も持ってる子なんだし」

亜紀は村雨以上に信用できないが、ここでやめたら確実に脇役が決定しそうだ。

怜奈は羞恥も屈辱も忍耐して、更衣室で前垂れとTバックショーツに着替えた。羞恥で顔が紅潮してくるが、意を決して更衣室から出た。すると、そこにビデオカメラを手にした亜紀が立っていた。

「あっ、ビデオで撮るのぉ？ そんなの必要ないわ」

「いやいや、映像に残して、あとでじっくり見て……いや、チェックしてだな、悪いところを直していかなきゃね」

村雨は面白そうに言う。怜奈はほとんど涙目になりながら、亜紀がビデオを構えるのを見ていた。

ビデオに撮られながら、格闘技の練習が開始された。

キック、ターン、ジャンプ、でんぐり返し……そのすべてで過激なパンチラ、いや、Tバックによるお尻丸出しのお尻ヌードが披露された。

そしてセピア色の皺穴がはみ出してくる。そこを隠しきれていないことを怜奈は感触でわかっていた。

開脚は極めて危険だった。Tバックショーツといってもさまざまな種類があるようで、今怜奈が穿かされているのは、前が凄まじく鋭角に切れ込んだ逆三角形の極小クロッチで、はみ出し要注意である。

「開いてぇ……閉じてぇ……また開いてぇ」

何度も大股開きをさせられた。視線は股間に注がれている。見ないようにする配慮なんてない。

そうするうち、怜奈は身体が火照って下半身に熱を感じ、その熱がジワリと快感に変わりはじめるのを感じた。

「君は恥ずかしがり屋だから、最初に見られることに慣れておかないといけないよ」

また同じようなことを言われた。念を押してくるのも羞恥させようとする手管《てくだ》に思えた。

「女の子の身体のあらゆる部分を見るよ。遠慮しないからね」

「あぁ……」

「戦隊美少女・マリンはパンチラのオンパレードになるよ。恥ずかしいことに慣れるために、今、開脚して見られることで免疫をつくっているんだ」

村雨の本音が吐露されている気がして、頑張れば頑張るほど男の欲望にからめ取られる気がした。

下腹が熱くて何やらもやもやしてきた。ジュクッと少女器の深みで温かい粘液のようなものが分泌して溜まってくるのを感じた。

「四つん這いのバックポーズ。これがセクシーにできないとダメなんだ」

次にやらされたのがセックスをイメージしかねない四つん這いだった。

「もっと腰を反らして、お尻をぐっと上げる」

言っていることはわかる。でも、そういうふうにすると、お股が強調されるような気がする。怜奈はモデルの癖で腰を反らせてお尻がアップしやすい。四つん這いになっただけで、背後にいる村雨からは膨らんだTバックの狭いクロッチが丸見えになっているはず。

（いやっ、後ろから見ないでぇ……）

少女が滅多に取らないポーズがバックポーズである。怜奈とて何となくだが、大人がセックスするときの姿勢なのではないかと疑ってしまう。腰を反らすなんて恥ずかしくて中途半端にしかできない。それに、今、愛液が出てきそうになっている。

「うーん、まだどこか子供っぽいなあ……。じゃあ、次はキックの練習だ。横蹴りをやってみよう。これけっこうあるんだ」

怜奈は立たされて横蹴りで脚をまっすぐ伸ばした。

「はい、そこでもっと脚上げて！」

「ああっ、そんなぁ」

脚を摑まれてぐいぐい上げさせられた。村雨は自分の首元まで上げるので、頭を目標にするハイキックよりお股の開き方が大きくなった。秘部をギリギリ覆っていたクロッチから、少女の卑猥なお肉がベロッとはみ出して飛び出してきた。

（ヒィッ……見えるぅ！）

怜奈の視線が刹那、宙をさまよう。

脚を下した途端、狼狽えて手でショーツの前を直した。

「気にしない、気にしない」

村雨は平気でそう言ってきた。女の子の羞恥心をどう思っているのか、間違いなくピンクの少女器が外の世界に顔を出した。透けたレオタードですでに怜奈の純情な秘部は目視されてしまったが、それでも白いベールに包まれての公開である。今、瞬間的にではあっても、オマ×コが生で晒されてしまった。

「だめぇぇ！」

怜奈は羞恥と屈辱のわななきを口から奏でていた。身も心もキュンと縮み上がった。じっくり撮りきったと思われる亜紀によるビデオ撮影が恨めしい。亜紀のほうを涙目で見ていると、どこか意地悪そうに眼を合わせてきた。

「いいじゃない」

と、一言だけそう言われた。

「あぁ、いやぁン……」

怜奈はもうやめますと思わず叫んでしまいそうになった。しかし、これまでの忍耐がすべて無駄になってしまいそうで、結局挫けてしまった。

その場にしゃがみ込んで横座りになり、しばらく動けなかった。

村雨たちもさすがに一休みして、二人でヒソヒソと何やら企むように話をしていた。

「女の子の大事なところ、コンニチワしちゃったね。でも、僕たちしか見ていないし、ビデオは誰にも見せないから大丈夫。さあ、気を取り直して続けようね」

村雨にまた顔に似合わない猫なで声で慰められた。怜奈は自分のような少女を性的に辱めて楽しもうとする大人の欲望がわかるが、それでも大きな演劇の主役に抜擢される魅力には抗えなかった。

腰に超ミニとすら言えない前垂れしかつけていない怜奈は、キックなどの格闘の演技を練習させられるうち、催眠術にかかったように何も考えられなくなった。Tバックショーツが食い込んだ下半身を晒しつづけた。

そして恐いことに、怜奈の小さな花びらは充血して膨らみ、その奥の小穴もポカァと開いて、Tバックの幅のごく狭いクロッチをキュッと挟み込んでしまった。

(あ、あそこが……感じてきてるぅ……)

過激で恥ずかしい下着を着せられて、気持ちがどうしても女の子モードに入って高ぶってしまう。前からそんな傾向はあったが、それにしても感じすぎるのはなぜ?

怜奈は開いた膣口を意識しないようになるべく気を逸らそうとした。

「このTバックは前も後ろもけっこうはみ出しちゃうね。ビキニに替えようか?」

村雨が言うので、怜奈も「はい」と頷いた。

亜紀がまたニヤリと笑うので一抹の不安を感じるが、開脚のたび秘部がはみ出す下着は一刻も早く替えてほしかった。

亜紀が持ってきた新しい下着は手のひらに乗るような小さなビニール袋に上下とも入っていた。透明なので中のものが見えたが、パンティとブラジャーの細いひもが絡まっている。

「こ、これ、下着なのぉ? 今穿いてるTバックより小さいわ」

下着を渡された怜奈は、更衣室に持っていく前に袋から出した。

「あぁ、こんなのブラジャーじゃない。ショーツも前が小さすぎるぅ」

怜奈が悲鳴に近い声をあげるのも無理はなかった。原色のレモンイエローのブラジャーのカップは単なる三角形の布切れで、一辺が二センチほど。オッパイが膨らみはじめたくらいの怜奈でも、ようやく乳首を隠せるくらいしかない。ブラとお揃いのショーツはGストリングタイプで、バックはお尻の半分くらいを覆うようだが、前がブラジャーと同じくらい小さく、下着というより飾りに近い。

「素材を見てごらんなさい。2ウェイストレッチと言って上下左右に伸びるから、乳房やアソコにぴったりフィットよ。もうはみ出しはなし」

亜紀に言われて、怜奈は仕方なく更衣室に入って着替えた。

「やっぱり、滅茶苦茶小さいっ！」

サイドが細いひもになったビキニパンティは小さな逆三角形の布が小高い恥丘を覆うだけ。ブラジャーは怜奈の大きな乳輪をようやく隠す程度だった。

確かにお尻のほうはちゃんと覆われるハーフバックのようだった。ショーツの密着感がわかるから、直接見えなくてもお尻の輪郭がどれほどはっきり表れているか想像がつく。尻の長い割れ目に生地が挟み込まれているので、ゴムまりのようにまん丸い左右の尻たぶの形が浮き上がっているに違いない。

下腹の前の部分は、亜紀が言うようにフィット感があって激しい動きにも対応できそうだった。

（でも、小さすぎて恥ずかしい！）

怜奈は特に乳首ブラジャーとも言うべき極小ブラジャーが悩ましかった。乳房の膨らみを特に気にする年頃だからこそ強い羞恥を感じる。乳輪まで覆われているものの、乳房本体は完全に露出している。そしてブラジャーストラップの細いこと。単なるひもと変わらない。格闘演技の激しい動きで不慮のことが起こりそうだ。

パンティだって気が気ではない。割れ目はいちおうカバーされてはいるが、ギリギリだからやはりはみ出してきそうだ。それに早くも「スジ」ができていた。

結局、Tバックとマスクブラジャーに比べて、お尻の穴の露出を避けることができるだけで、他は大差ないかもっとひどいアダルトランジェリーに思えた。

怜奈は恐るおそる更衣室から出て、手ぐすね引いて待っているような村雨と亜紀の前に立った。上も下も左右の手で隠して、羞恥と屈辱感から縮こまっている。

「うふふ、セクシーランジェリーがよく似合ってるわ。ストリングスっていうのかしら、おませな女の子の怜奈ちゃんにはピッタリ」

怜奈は極小ブラジャーと極小ひもパンティのみの限りなく素裸に近い肢体を揶揄するように言われた。これから強要される特訓が思いやられる。単に身に着けているだけで恥を晒しているようなもので、前にマリン役の真沙美が変態演出家による辱めと言っていたことを思い出した。

(あぁ、でも、いいわ。セクハラだとわかってるけど……わたし、絶対主役になるって決めたから!)

健気《けなげ》にもそう意気込んで観念するというより、前向きに頑張ろうとする怜奈ではある。だが、少女の心は羞恥と屈辱、快感の中で千々《ちぢ》に乱れてもいる。しかも、清純なはずの少女の蕾が怜奈の意志に反して花びらを大きく開き、その奥から甘い蜜液を吐いてヌルヌルしてきた。

「恥ずかしいかもしれないけど、気にしないで。慣れるためだし……。ちょっと腰振ってみて」

「あぁ……」

怜奈は抵抗があるが、ゆっくり腰を回すようにお尻を振った。

「もっと腰をひねってぐーっと。そうそう……もっと、お尻こっちに」

「い、いやぁぁ……」

次々に求められて、恥じらってしまう。なにせ裸同然のアダルト下着の姿なのだから。

まだ年齢的には完全な子供と言われる立場なのに、今、大人の女として扱われている。大人のグラビアアイドル以上の恥ずかしいことを求められている。

「おへその形もいいんじゃない」

綺麗な小さな楕円のへそは子供にありがちな出べそではないし、穴が浅かったり、穴の底が見えて、出べそに近いようなおへそではなかった。

「ブラジャーだけど、乳首はちゃんと隠れてるから大丈夫だよ。でも、ぽろっとこぼれ出たりして……」

また嫌な羞恥させる言い方をされた。手が少し胸のほうへ行きかけた。

「ちょっと後ろ向いて」

お尻を向けるのもやや躊躇いがちにやって、くるりと村雨に背を向けたが、ビキニショーツが張った尻肉の丸みを間近で見せるのは恥ずかしい。

両手を後ろに回してショーツのゴムをつまみ、キュッと上へ引っ張った。ゴムの上に魅惑の尻溝が出ているのを感じていたからだった。お尻の割れ目を隠した。

尻溝はショーツで隠したが、逆にビキニそのものが下部の尻溝によけい挟まって左右の尻たぶがプリッと丸いお肉の輪郭を見せてしまった。

怜奈は背後からの視線に狼狽えている。

「顔だけこっち向いて……腰反らしてぇ……」

「えっ……こうですか？」

村雨を振り返ってみると、横で亜紀がビデオカメラで撮っていた。

「お尻がツンとなるように」

言われたとおりにやる。顔とお尻を交互に見られるので、恥ずかしさがつのってくる。わざと羞恥させようとしているかのようだ。

ビキニが密着して形が出てしまっているお尻をじっと見てから、不安な眼差しでいる怜奈の顔に視線を向けてきた。

そんなふうに見られると、ふっと羞恥の溜め息が漏れて、見られていたお尻をちょっと見下ろしてしまい、眼をパチクリ瞬きさせてしまう。髪を無意味に手で撫でて、羞恥心を誤魔化そうとしたりした。

「身体にまったく染みとかほくろとかないからね……綺麗だよ。いいよ、最高だね」

何か品定めされているようなものを感じて、嫌な気持ちになり、唇をちょっと嚙む。

背中や脚、首筋など全身を見られ、ビデオに撮られた。

「さてと……やっぱり、脚の開きと上げ方がまだ足りないから、頑張っていこうか」

村雨に言われて、怜奈はその言葉に疑いというより、逆にセクハラとセクハラによる飼い馴らしの目論見《もくろみ》をはっきり見て取った。

早速、激しい動きの格闘シーンを演技させられて、パンチ、キック、側転までの連続技を行なった。

「ああっ」

怜奈はいつの間にかブラジャーがずれて乳房がこぼれ出ていることに気づいた。恐れていたことが練習を始めてわずか数分後に起こった。さっと手で隠し、ずれていたブラジャーを直した。

「気にしない。続けて」

気にしないわけにはいかない。第二次性徴期の少女の乳房が人前で露出したのだ。

「あっ、何?」

村雨が背後から腰に手を回してきた。両腰を強く摑まれた。

「腰に力を入れて、ぐっとひねって正拳突きだ」

腰を入れての正拳突きをさせられた。怜奈の柔らかい腰肉に指が食い込まされている。

「やぁン……あぁうっ……」

故意に力を入れて、親指、人差し指を猛禽類《もうきん》の鉤爪《かぎづめ》のようにして、締まったウェストから腰肉へと食い込ませてくる。

腰だって性の快感が起こってしまう。男の人に摑まれたら、やっぱり下半身だからキュンと感じて声が漏れてきちゃう……。

特に今は、なぜだか身体中が火照って、あそこの大事なところが感じてしまって、恥ずかしい愛液まで出てきちゃってる。

怜奈は背後の村雨を振り返りながら、少しむずかって身体をひねってみせた。

だが、村雨は演技指導の口実を使って、腰を何度か揉むように摑み、その手を脚に移動させてきた。

「あぁン！」

少女だなと思えるやや細い可愛い太腿を鷲摑みにされた。ビクッと身体全体が反応して、怜奈の収縮する筋肉の、特に性的な部分の括約筋が締まってきた。

そのとき、膣内が甘い刺激でジュンとなって、今にも膣口から愛液が垂れ漏れてきそうな予感がした。

「この子の脚を高く上げておいてくれ」

村雨は亜紀に指示してから、怜奈の前に回った。大柄な村雨に正面に立たれると恐いが、村雨はすぐ怜奈の前で座った。

髭面の顔が怜奈の恥骨の前にある。鼻先がパンティにできたスジにくっつきそうだ。

「そ、そんなところ……だめぇぇっ！」

怜奈は内腿のつけ根の秘唇ギリギリに親指を食い込まされた。大人の大きな手で少女のかなり弱い性感帯に当たる部分を捕捉されて、もう片方の脚は亜紀が足首とふくらはぎを持って、村雨が言ったとおり高く上げていった。

秘部そのものには触っていないので、演技指導の口実を保っている。村雨と亜紀はその口実を使っていやらしいことするのが楽しいのだろう。怜奈は直接女の子の大事なところに触ってきたら拒否しようと思っていたが、思いもよらぬ快感に見舞われてその意志も少し挫けてきた。

もう、愛液が極小パンティのクロッチに染みていた。

（あぁ、また濡れてきちゃう。どうしよう……）

観念の気持ちに心が傾いてきたとき、脚を痛いほど高く上げられていたせいで、ピンと伸びたパンティクロッチがついに片方へ寄ってしまった。ぷっくりと膨らんでいた秘唇が外へ姿を現した。

「いやぁぁぁーっ！」

怜奈は脚のつけ根を握られていたにもかかわらず、腰を強くひねって飛び出した秘部の一部を隠そうとした。

だが、そうはさせじと村雨が今度は両手で強く脚を摑んできた。怜奈は村雨が秘部が露出することを見越して、そうやって脚を押さえていたのだとわかった。

「動かないで、じっとして……ねっ、いいから。オマ×コを見られても気にしなくていいから。主役をゲットすることだけ考えていればいい」

声を低くして、ひそひそと妙な声色《こわいろ》を使うような話し方をされた。そんな村雨が憎いが、すでに責める側と責められる側でどこか阿吽《あうん》の呼吸ができていた。口実をつけてお互い演技指導ということで妙な関係になっている。怜奈とて村雨がそそのかして言うように、主役の座を摑むことができるから、心の中で希望と恥ずかしい被虐の感情とが甘ったるく淫らに交錯していた。

「いっそのこと、下着なんて脱いで、スッポンポンになったらいい」

ショーツを指で引っかけて、下ろしていこうとした。

「いやぁン、だめぇぇっ……」

怜奈は必死にビキニパンティのゴムを摑んで脱がされまいとした。

村雨はまもなく手を止めたが、

「ほらっ」

かけ声とともに怜奈は極小ビキニが恥裂に食い込む感触を味わった。

あっ……と、声をあげそうになった。下を見ると、村雨が今度は逆に、おへそのずっと下にあるパンティのゴムをつまんで引っ張り上げていた。それで食い込んだのだ。怜奈が手を下ろしてそこを触ると、ストレッチ素材のフィットする生地が恥裂に深く挟まって、大陰唇も小陰唇も左右に飛び出していた。

「そ、そこまでしちゃ、だめぇぇぇーっ！」

怜奈は血相を変えて、村雨の手を払いのけた。かなり強く手へ払ったので、怒らせはしないかと一瞬不安になったが、村雨の顔を見ると、ニヤニヤ笑っているだけで、怒ってはいないようだった。怜奈はすでに村雨を怒らせたくないような心理になっていた。

やがて亜紀が手を緩め、怜奈は脚を下ろして少し落ちついた。

（あぁ、感じるぅ……）

割れ目にはまだパンティが恥丘の真ん中まで食い込んで、少女の猥褻さを披露していた。処女肉が腫れるように充血して、感じっぱなしの状態が続いていた。

怜奈はこれまで経験したことがない快感の火照りの中にあった。羞恥と屈辱で狂おしくなり、その感情が深く心の中に沈殿していった。主役への執着と見えてきたその可能性によって、村雨らの手管を半ば受け入れつつある。

ただ、怜奈の少女膣はねっとりと粘液で濡れていた。それは不可解な性感の変化であった。

(あのジュース、何か変だった……)

怜奈は村雨に飲まされたフルーツジュースに疑問を持った。味が変っていてあまり美味しくなかった。中に変なものが入っていたのではないか？　ふだん優しい村雨もジュースを出すとき、無表情で何かそっけなかった……。

「このまま超ビキニの上下でやる？　それともまたレオタードにするか……どっちがいい？」

村雨にそう水を向けられた。真沙美が言う変態演出家の面目躍如で、そんな選択を迫られた怜奈は、結局レオタードを選んだ。透けて見えたとしても、肉襞がはみ出して映像に残されるよりはましだった。

やがて、亜紀がネット販売のものと思われるきっちり包装された平たい袋を持ってきた。

怜奈は不安だったが袋を持って更衣室に入り、レオタードだと言われたものを広げてみた。

「こ、こんなの、レオタードじゃないわ！」

それは全身を紫の目の粗い網で覆う全身タイツだった。身体に四角い網目が貼り付くだけの完全に透けるアダルトランジェリーなのだ。怜奈の羞恥部分はどこも隠せない。

「まあ、恥ずかしい。これじゃ、全裸と同じになっちゃうわね」

ノックもせずに更衣室に入ってきた亜紀が、自分で渡していながら眼を丸くして面白そうに言った。あからさまな言い方は怜奈の心を傷つけた。

亜紀が更衣室から出ていくと、怜奈は「全裸」という少女がふだん使わない強い表現が耳に残ったまま着替えて、村雨の前に立った。

紫の全身タイツの網目に透けていたのは可愛い思春期の乳房である。やや厚みのあるピンクの乳輪を網が圧迫して、その隙間から小さな乳頭が尖って飛び出している。身体の火照りは乳首にも影響して、ふだん乳輪の中に引っ込んでいる乳頭が突起して顔を出していた。

怜奈はあまりの恥ずかしさから、思わず手で胸を隠してしまう。下半身も割れ目が露になっているのだが、そこは太腿をギュッと閉じて腰を引く姿勢になって守ろうとした。

両手で乳房の上に蓋をするように隠している。少女らしくて愛らしい仕草に強い羞恥があらわれて、そんな姿を二人に興味深そうに見られると、怜奈は百四十七センチの華奢で柔軟な身体を身の置きどころがないような仕草でくねらせた。

「こ、こんな変態のレオタード、裸より恥ずかしい！」

怜奈は涙ながらに吐露したとおりの全裸より恥ずかしい全身網タイツの姿で、顔から火が出そうなほど赤面しながら演技させられることになった。

「さあ、ハイキック！　前蹴りも！」

「えーっ」

無造作に命じられて、怜奈は視線が宙へ飛んでしまう。ハイキックなんてやろうものなら、股間に息づく少女そのものが、紫の大きな網目の格子しか隠すものがない状態で完全に露出する。

「やぁあーン！」

怜奈は刹那、自分の意志を失うような心持ちに陥って恍惚となりながら、脚を高く上げて蹴りの演技を行なった。数回求められてそのとおり従った。網目の下から可愛くも複雑で卑猥な貝の肉が村雨たちの前で披露された。

「マリンビームだ。脚を大きく開いてぇ」

一番恐れていたのがそのマリンビーム。お股を開いて見せるためとしか言いようがないポーズである。

「あぁぁ……」

結局Y字バランスと床にしゃがむ開脚の二つともやらされた。菱形になって見える発毛も黒ずみも荒れもない大陰唇と小陰唇が、大股開きで左右に開ききった。開いた小陰唇の襞襞の真ん中がポコッと凹んでいる。そこに妖しい陰ができていた。いたいけな少女なのに、自分で見ることができない初心《うぶ》な少女器を、言わば権力のある男に眼で支配されている。それなのに、怜奈は羞恥と身体の奥底から鬱勃《うつぼつ》として起こってくる快感によって、濃桃色の処女肉から愛液が溢れ出した。

「ほらね、女の子は本能的に見られて興奮するようにできているんだよ」

またしても、村雨に異常な理屈で決めつけられた。

「そうですね。そういう女の子は女優に向いてると思いますよ」

亜紀が尻馬に乗るように続ける。それが悩ましく悶える怜奈をさらに悩乱させていく。

「も、もう、できないわ！」

怜奈は羞恥と屈辱と快感が昂って、とうとう涙声になって音《ね》をあげた。

「頑張らないと、真沙美ちゃんがマリンになっちゃうよ」

そこをすかさず、村雨に脅された。

亜紀がビデオカメラを置いて、さっと怜奈のそばに来た。

「頑張って」

怜奈の前でしゃがみ込んだ亜紀はティッシュを手にしていた。

「きゃあっ」

怜奈は悲鳴をあげて、前屈《かが》みになった。網タイツの上から恥裂の濡れをティッシュでなぞり上げるようにして拭かれたのだ。

「これ、ずらしちゃいましょう」

さらに、クロッチに当たる部分を指で引っかけてずらされた。はみ出したピンクの秘唇を、直にティッシュで力を入れて拭かれた。

「そ、そこ、やだぁぁ！」

怜奈はガクガクッと腰が揺れて、また前屈みに逃れようとした。

愛液の濡れを拭くというより、小陰唇の肉襞とその内側の粘膜を摩擦したようなものだった。さらに、快感に最も弱い少女の肉突起をぐっと圧迫しておいて、小さく円を描いて揉んできた。指の腹よりティッシュは少し刺激が強すぎて痛かったが、キュンと感じてつらくなる。

オマ×コがトロトロに熱く濡れて、嫌なのに抵抗しているのにどうしても感じてしまう。ごくたまにやるオナニーのときよりはるかに快感が強く、自分の意思ではどうすることもできない。

(あぁ、何かされたんだわ。きっと、ジュースね。中に何か入ってたんだわ……)

怜奈は媚薬というものはまったく知らなかったが、直感的にジュースに何か身体に変調をきたす薬を入れて飲まされたと思った。

怜奈はその後も亜紀によってティッシュを何枚も替えて、執拗に恥裂を拭かれた。拭かれることで刺激され、溢れてきた愛液をまた拭き取られるという悪循環に持っていかれた。

第三章　極小アダルトランジェリー

「三人とも、ちょっと残っていてください。村雨先生がマッサージがあるって言ってます」

稽古が終わったあと団員に言われて、怜奈は額の汗をタオルで拭《ぬぐ》う手が止まった。

何か悪い予感がした。真沙美と葵もきょとんとして顔を見合わせている。

「マッサージって何？　揉みもみされるのぉ」

葵が妙に楽しそうに声をあげると、連絡してさっさと離れていく団員がちょっと振り返った。ほかの団員たちがちらっと葵や怜奈を見て何かひそひそ話している。

「オッパイをこうよ」

「やーん！」

真沙美がふざけて葵の胸を鷲摑みにした。葵は小柄だが三人の中では発育がよく、乳房は手でしっかり摑めるくらい大きかった。

ここ三日間続いたハードな格闘シーンなどの稽古で疲労しているから、終わった直後にマッサージをするのも頷けはする。ただ、村雨が言っていることだから、とにかく怜奈は不安を感じている。

「女性団員の中でマッサージが上手《うま》い人がいるから、やってもらいましょう」

団員と入れ替わりにやってきた亜紀が不安そうにしている怜奈の顔を見て言った。

まさか村雨がマッサージをするのではと一瞬嫌な気がしたが、女性だとわかって少しは安心する。でも、やはり怪しいものを感じてしまう。

控え室は劇団の荷物が置いてあって狭いから更衣室を使うと言われた。入ってみると、すでにマットが三つ並べて敷かれていた。そこに三人並んで寝かされるようだ。

マッサージは何度か経験していた。同じ年頃のモデル仲間にちゃんとした女性エステティシャンの店を紹介されて行ったことがある。確かに身体の芯に染みわたるようなコリをほぐす施術だったが、かなり痛いのと料金が高いこと、大人の客が多いことなどがあって、二、三度通ったことがあるだけで、それ以後マッサージの経験はなかった。

「これを穿いてね」

水色のマットをぼーっと見下ろしていると、亜紀に下着を渡された。

「いやっ、あのときのエッチなパンティ」

渡されたのは、前に穿かされた極小パンティと極小カップのブラジャーだった。

「何、これ？」

「やーん、アダルトショーツ」

真沙美と葵の二人は、手のひらに軽くのっているマイクロビキニの下着を見て、羞恥の声をあげた。怜奈は前に穿かされて知っているが、二人は初めてのようだ。かなり狼狽《うろた》えている。

「ま、前もそうだったけど……絶対、見えちゃいますっ」

怜奈が下着の用をなさないパンティとブラジャーに眉を顰《ひそ》めていると、

「裸でマッサージ受けるの？　アソコは隠したいでしょう」

亜紀に嫌な言い方をされた。そんなふうに言われたら、マイクロビキニを着るしかない。亜紀が出ていくと、怜奈も真沙美たちもビキニに着替えた。

まもなくマッサージをするという女性団員が現れた。その三十歳くらいの女は手に小さなバケツのように見える容器を提《さ》げて、亜紀といっしょに入ってきた。

「何してるの。俯せになってください」

亜紀に催促され、怜奈はしぶしぶマットの上に腹這いになった。

「ねそべっても、お尻の盛り上がりが大きいわねえ」

怜奈は気になる言い方をされて、ちょっと手がお尻の上に伸びてきたので「えっ」と腰を横にひねろうとした。

「ローションを、うふふ、全身くまなく塗って、ヌルヌルにして快感マッサージよ」

また亜紀が故意に恥じらわせるように言うと、女性団員は容器の中に手を入れた。

ガラスの器なので、透明なローションを大量に手で掬《すく》うところが見えた。

俯せの怜奈が顔だけ横を向いて恐々《こわごわ》見ていると、背中にローションをドッと流された。

「ひゃあっ」

女は怜奈がまだ心の準備もできないうちに「始めます」と一言ぼそっと言って、大量のヌルヌルローションで怜奈の身体全体をローションの海に入ったようにしていった。

怜奈は縦横無尽に両手で肩から背中一面お尻まで撫でまくられた。

また怜奈の背後で容器の中に手を入れたようで、片手ですくってお尻に流された。

「今度はマッサージを口実にするのね……」

そばに立って見下ろしている亜紀に言った。

「何が？　マッサージは本当に必要ですよ」

「嘘っ……」

怜奈は珍しくきつく言って、プッと膨れっ面《つら》をした。亜紀にせよその団員の女にせよ、演出家の村雨よりは立場が下なので、怜奈もつい反発する気持ちが口をついて出た。

だが結局、マッサージを受けていく。ローションまみれにされて、背中からお尻まで両手で無遠慮に撫で回された。

怜奈はゾクゾクと感じさせられて、文句を言おうとしたが、女はあまりにも平然とやってのけるので、彼女のほうを振り返るだけで言いそびれてしまった。

背中であれ、腰やお尻であれ、少女の身体は大人と大差なく性感帯でもある。指がときどきぐっとツボに押し当てられた。ぐりぐりと力を入れて揉まれ、「あぁ」と声が漏れてしまう。

お尻の座骨周辺にある性感帯を探り当てられて、そこを集中的にぐりぐりと執拗にツボ刺激された。

「あっ、あああっ……そ、そこっ、い、いやぁン……」

ぽちゃぽちゃした尻肉から深いところまで、ピクンと来て感じてしまう。腰が浮いてきてストンと落ちる。臀筋に力が入って尻たぶが真ん中に寄ってくる。

(あっ、お尻の……あ、穴も！)

一瞬だが、指を鰍穴に命中させられて、キュンと感じてしまった。ビキニパンティがそこだけ凹んで肛門に挟まっている。たまたま指が当たったのではなく、狙ってプッシュしてきたと怜奈はわかる。

怜奈の隣では、真沙美と葵も団員の女にマッサージを受けていた。揉まれるのは肩や腰、背中くらいで、怜奈ほどきわどい箇所まで揉まれていないらしいが、それでも二人は感じて妙な声を漏らしていた。

長時間手でヌルヌルと撫で回されたら、じっと快感に耐えていてもじきに根負けしてしまう。怜奈はそれが恐かった。

女がマットの上にのって、俯せになった怜奈に跨《また》がってきた。怜奈はまたちょっと不安になる。

腰を両手で抱《かか》えられて、スーッと下腹に左右から手を滑り込まされた。

「あぁ……」

両手ともGストリングの細いひもの上を滑って恥丘まで達した。指十本が恥裂の上端まで這いずり回る。くうっと声を絞るが、俯せの状態ということもあって抵抗しにくい。割れ目そのものには触れていないので何とか我慢している。

と、恥骨のところにあった女の両手が左右に分かれて、腰骨の方向に向けて斜めに上がっていき、その手前の下腹の柔らかいところを中指で同時に圧迫してきた。

「ここが卵巣ぉ……」

「えっ、やぁン」

卵巣と言われて指で刺激されたことなんてない。医者でもないのにそんなことわかるのだろうかと疑うし、やっぱり村雨に言われてマッサージの口実でエッチなことをしているのだと思った。

右手が下腹の真ん中に来た。おへそのやや下あたりを指二本でぐーっと押してくる。

「ここが子宮ぅ……」

「だめぇっ」

言い方、口調がいやらしい。だが、怜奈は子宮への圧迫感を感じていた。しかも妙に気持ちがよかった。十回ほど繰り返し圧迫されるうち、うっとりさせられそうになった。

女は跨るのをやめて、怜奈に脚を開かせて脚の間に座り直した。その状態で怜奈は次にされることを予想して警戒心が起こってくる。ミニマムのビキニはクロッチの幅がきわめて狭く、肉唇の膨らみの一部分はもう露出しているのだ。

ヌルヌルローションはパンティをねっとりと卑猥なほど濡らし、内側に息づく少女器の輪郭を浮き出させている。怜奈はそれを直接見なくても認識できた。

女の指は案の定、ビキニパンティのすそラインギリギリを指圧してきた。

「リンパの流れを良好に保つマッサージです」

そう言って、パンティのすぐ外側を股間から尻たぶの上まで、親指で力を込めて十数回えぐるようにマッサージした。

そしてその指先は、徐々にパンティの内側に潜り込んできて、怜奈の敏感な花びらを侵食しはじめた。

開脚しているため、大陰唇から容易に小陰唇の花びらへと指先が触れてくる。

「いやぁっ……」

怜奈が嫌がる声を漏らすと、女の指は一瞬止まって、パンティの外に出た。しかし、その指はすぐ戻ってきて、怜奈の少女自身を捉え直した。

ヌルヌルした生地越しに、怜奈の恥裂から肛門までが女の邪悪な指による偽のマッサージに支配された。

「そ、そんなところ、マッサージしなくてもいいわ」

「ここが本当のツボです。美少女が素直になって、さらにもっと美しくなります」

こじつけにもならない、妙な言い方で怜奈の肉溝に「施術」を加えてきた。

ヌルッ、ニュルッ、ヌニュルッ……。

何度も何度も、繰り返し怜奈の処女肉はパンティ越しにではあっても、女の細い指先で浅く、深くえぐられていく。

「はうっ……そ、そんな……アアアッ！」

ビクンと腰が引き攣り、お尻が揺れる。

「じっとして……」

女の指先が、恥裂、尻溝の内部を数十往復していく。

「やぁあン……しない……はぁうン、いやっ、しないでっ！」

オマ×コをいじられたら、拒否の声も切なくなる。怜奈の膣穴はギュッと急激に締まり、肛門もきつく窄まって、ポカァと開いた。

人に見せられない少女器の蠢きを指で捉えられた。村雨の指示によると思われる女の団員の指技に、怜奈はそれが卑猥な手管《てくだ》とわかっていてもからめ取られていく。

女性特有の単調な同じ動作の繰り返しは、徐々に痺れるように怜奈の幼い性感帯を昂《たかぶ》らせていった。

「はぁあうぅうーっ……」

快感が全身を駆け巡り、俯せだが腰が反り返ってそのまま固まった。もう股間を開きっぱなしにしたままである。ジュルッと愛液が溢れるのも自分でわかる。それを恥ずかしいと思わないわけではないが、どうすることもできないような気持ちに陥ってしまった。

（あぁっ、も、もう、イクゥ！）

怜奈は恐れていたことが自分の身に起こりつつあることを悟った。

「さあ、今度は仰向けになって」

そのとき、急に男の声が聞こえてきた。

村雨の声だった。快感に翻弄されて眼をつぶったまま悶えていたため、そばに来ていることに気づかなかった。マッサージに村雨が加わった。

「今、イクところだったんですよ」

女の小さな声が聞こえた。ちょっと不満なようだ。

村雨が苦笑いしながらそばに立つと、怜奈の肩に手をかけて「さあ」と、身体を表に返そうとした。

（仰向きは、どこをマッサージするっていうの？）

村雨に促されて不安になりながらも仰向けになると、村雨は早速横に正座してきた。

まさか、男の人が？　と狼狽する。

指先で、肩から乳房まですーっとなぞられていった。

「あっ……」

プルッと首を振るが、村雨は無言でニヤリとしただけで、触ったのが何の意味があるのか怜奈にはわからない。挨拶のようなものだったのかもしれない。

怜奈はすでに乳白色の肌にポッと赤みが射して、甘い香りのする汗が噴き出していた。

仰向けになると、怜奈は途端にバストと女の子の前が気になりはじめた。何しろ極小ひもパンティと乳首隠しのブラジャーというきわどい格好なのだ。

「うむ、やっぱりこの少女のふくらみは……」

何が言いたいのか、視線は怜奈のバストに注がれていた。マットに寝ているところを上から見下ろされてそんなふうに言われると、何かされそうで逃げ出したいような気持ちになる。怜奈の羞恥を見て、村雨は口元にニヤリといやらしい笑みをつくった。

すぐそばに正座して、乳首を覆うだけのアダルトブラジャーで飾られた幼乳から視線を外さない。

「えっ⁉」

村雨の手が怜奈の小ぶりの乳房に伸びてきた。

円錐形に突出した乳房は、指三本でつまむように握られてしてしまった。

「いやぁぁっ！」

怜奈は村雨の手を摑んで首を振り、やめてと眼で訴えた。もちろんそんなことをされた経験はない。痴漢に一瞬いじられたことはあるが、すっと撫でられるくらいだった。それも絶対に嫌なことだが、乳首がようやく隠れるだけのブラジャーとも言えない布切れの上から、乳房を変形させられるまで握られて、怜奈の心の動揺は大きかった。

しかも、村雨は極小ブラジャーごと指でつまんだ怜奈の乳房を、ブルブルと小刻みに揺ってきた。もう一方の乳房も同じく指三本でつまんで、すばやく何度も揺すってくる。

「やぁぁぁーン……そんなのマッサージじゃない！」

村雨の手を摑んで声を荒げる。上体をひねると、村雨の手もその方向に追いかけてきて、しつこくつまみ直してはまた揺すったり揉んだりした。

「このオッパイの形、そそられるなあ」

村雨が平気な顔をして言う。怜奈の乳房は第二次性徴期の膨らんできた柔肉の房だから、前へ出てくるように隆起した形をしている。大人とは大きさも形も異なる尖った円錐形の少女乳である。

「いや、いやぁっ……痛いからつままないでぇ！」

怜奈は細くて丸い綺麗な眉を色っぽく歪めて、涙声になりながら訴える。

「オッパイそのものが興奮してきたんじゃない？」

怜奈は亜紀に顔を見られて、そう訊かれた。

そんなふうにいやらしく指摘されたくない。乳房は思春期の少女にとって特に羞恥を感じる箇所である。

村雨は怜奈の左右の乳房を、もう一度しっかりつまんできた。ギュッと完全につぶれるまで握って、再びゆっくり揉みはじめた。

「しちゃいやぁっ。あぁあああっ、だ、だめぇぇぇーっ！」

怜奈は男の手で乳房を揉まれるという、マッサージの口実など使えないあからさまな行為に、哀切な響きのわななきを披露した。

「むふふ……」

村雨も笑いで誤魔化すが、怜奈が声を荒げるとさすがに乳房から手を離した。マッサージはまた女性団員が代わって行った。さっきは恥裂を愛撫していたが、村雨が乳房をいじったので、女も小さなブラカップの上から怜奈の尖った乳首を指の腹で撫でてきた。

「やぁン、やめてぇ……ああっ、あああああうっ！」

三角形の極小ブラジャーの中へ、ヌルッと指が滑り込んできた。左右の乳首とも指先で円を描いて繰り返し細かく愛撫された。

「はあぁうっ！　だめぇっ、そんなことぉ……か、感じるぅ」

上体をよじって快感から逃れようとするが、指は逃げる乳首を追ってまたブラジャーの中に侵入してきた。

乳首の刺激は性器そのものに大きく影響した。それはオナニーの経験で知っていたことだが、人にやられるとずっと快感が強かった。

指によって乳首だけ長時間摩擦された。

（あ、あそこまで……響くぅ！）

膣口がもぐもぐ咀嚼《そしゃく》するような動きを見せて、狂おしく開いたり閉じたりを繰り返した。

今度は女性と村雨二人がかりでやられた。乳房、脇腹、太腿と、二人同時に四本の手でローションまみれの滑り光る肌を縦横無尽に撫で回されていく。パンティもブラジャーもまだ着けている。裸にはしていないから、あくまでマッサージなんだと言い訳しているかのようだ。

「あ、あぁああああっ……いやっ……はぁあうぅぅーっ！」

二人合わせて二十本の指で、肌理《きめ》の細かい敏感な白肌を全身くまなく撫で回されていく。くすぐったさもあるが、そこに快感が重なってきて、華奢な身体がうねうねと悶えるのを押さえられなくなった。

「あう、も、もう……」

やめてと言いたかったが、一種権力者でもある演出家の村雨には、まだ子供にすぎない怜奈は気後《おく》れしてしまう。

ヌルヌルローションで妖しく光る全身を二人の大人の指先が這いずり回り、怜奈は息が詰まるような喘ぎ声と悩ましい吐息を披露した。

「ああっ、はうっ……や、やめ……くうっ……やめてぇーっ！」

怜奈が切羽詰まるようなかん高い声をあげた。

快感が全身にさざ波のように伝わって、胎内で小さな子宮が蠢いた。怜奈は子宮が膣のほうへ降りるような動きを感じて、たまらず下腹を激しく膨らませたり凹ませたりした。

ただ、叫び声は快感の昂りによる悩乱の結果の喘ぎ声であり、拒絶の意志そのものではなかった。

だが、声が大きかったせいか、真沙美と葵が驚いたような顔をして怜奈のほうに振り向いた。

「悪いようにはしないから、言うことを聞くんだ」

怜奈の叫びにも似た抗《あらが》いの声に面食らったような顔の村雨だが、耳元で真沙美たちに聞こえないように囁いた。これまで言わなかった直接的な言い含める言葉だった。

その悪いようにはしないという意味を考えると、気も挫けてしまいそうになる。主役のマリンになって活躍する。それをきっかけに芸能の世界で大きくステップアップしていく。怜奈の心の中ではそれが至上命題なのだ。

女の指が再び乳首を捕捉し、ぴょこんと立った乳頭を押さえて凹ませ、そのままグリグリと執拗に揉んできた。

同時に村雨の邪悪な指がパンティの上からとはいえ、少女の最も秘められた肉裂を侵食しはじめた。人差し指の腹を上へ向けて膣から肉芽までなぞり上げ、指を反対に返して、小陰唇の間をブスッと突いた。

「アァアアーッ！」

おののいた怜奈は声が震えて、膣の括約筋に力が入った。

村雨は指を突き立てた怜奈の複雑な媚肉から、コリコリしていそうな肉芽まで、人差し指の爪でえぐってきた。

「ああっ、そこぉ……したらだめぇ！　そこはいやぁーん！」

怜奈は鋭い性感におののいて、少女なりのくびれ腰にピクンと痙攣を来《きた》した。

「アハハ、可愛いっ……」

葵の笑い声が聞こえた。怜奈の抗いと快感の声に刺激されたようだ。

「怜奈ちゃん、もういいじゃない。どうせ、パンチラと大股開きのエロ劇なのよ。今、多少感じさせられて、アソコがヌルヌルになったって……」

真沙美が眼を細めて、怜奈を卑猥に言い含めようとした。

「いやん、すごいこと言うのね」

葵も面白そうに言う。

二人ともひどいセクハラだということがわかっていて、そんなふうに言ってくる。

衆人環視の下、幼膣も感じすぎる肉芽もニヤリと笑っていじくり回されてしまう。その羞恥と屈辱に泣かされた。

しばらくして、村雨と団員の女に左右の足首を摑まれた。

怜奈はハッと息を呑んだ。

一気に百八十度開脚させられた。

「あぁーっ、そ、そんなに開いて、何をしようっていうの！」

真沙美の寝ているマットにまで脚が伸びていったので、真沙美もちょっと端に移動した。二人ともマッサージはとうに終わっていた。

怜奈はすでに硬く痼《しこ》っていた陰核亀頭を、村雨の指の腹でさらにこねくり回された。

「あぁう、はぁあああン！」

キュンと神経の深くにまで響く快感に、愛らしい口から恥ずかしい声を奏でた。膣快感がまだそれほど開発されていない少女でも、陰核亀頭という弱点を突かれると、快感に負けていく。怜奈はのけ反ってしまうのだ。

「来てるねぇ、いいよ。いい顔になってる。むふふふ」

小さな口から狂おしく奏でてしまった快感の声を面白そうに言われ、怜奈は柔軟な白い小さな身体をくねり悶えさせた。

ローションまみれの股間に愛液も混ざってトロトロの状態になっていく。嫌なのに感じさせられて、結局その快感を自分から味わおうとした。眼が薄めに開いて、とろんとしてきた。

「はぁう、あぁ、あうぅぅーっ……」

玩弄されていくにつれて身体の力が抜けていき、感じまくった。

怜奈と同じように横にいてマッサージされていた真沙美と葵の二人にも、その身悶えをにんまりと笑みを浮かべた顔で見られている。

怜奈の敏感なクリトリスに男女の指で代わるがわる陰湿な愛撫が加えられていく。ただ、それほど強くは摩擦しない。怜奈の身体がよじれて「ククゥ!」と切羽詰まってくると、さっと手を引っ込めて故意に快感を長引かせようとした。

「クリちゃんも三角帽子も膨らんで、パンティに、ほら形がこんなに……」

女は横の村雨にそう言って確かめさせた。すると、村雨の指がそこへすっと伸びてきた。

怜奈は女が三角帽子と言った包皮を指でなぞられ、プックリ盛り上がって突起した肉芽を指の爪でカリカリ掻いて刺激された。

「あぁあああぁあっ!」

薄い生地一枚隔てた爪による刺激は怜奈を狂わせた。

強面《こわもて》の村雨には似合わない繊細な愛撫を見た真沙美と葵は「あんなふうにするといいのね」とか「大人は上手いわ」などと、妙に感心している。

怜奈は同じ仲間と言えなくもない二人に見られながら、じっくり少女器にイタズラされて、羞恥と快感の極点を味わわされていく。

幼膣の入り口がギュギュッと締まり、夥《おびただ》しい量の愛液が溢れ出した。

「ひぃぃ……イヤッ……だめぇぇぇーっ！」

抵抗をやめた怜奈は完璧な百八十度開脚のまま、クリトリス快感が研ぎ澄まされてきた。

「はぐぅ……あひぃっ……ああっ、あぁあああああうぅぅーっ！」

生まれて初めて人前でオマ×コの快感がスパークした。

少女とは思えない淫らな啼き声を奏でた。もう何も考えることができない。のけ反る力で、腰がぐーっと浮揚していく。

「クゥッ……はふぅうン！」

息を吸い込んで詰まったあと、急激にひと吐きする喘ぎ声を発した。

オナニーでは時間をかけてもオルガを経験したことがないのに、怜奈は望まないお股へのマッサージで絶頂に達していった。

「イッたな」

一言、村雨に言われた。ぐったりしていると、その言葉が聞こえてきた。

言ってほしくないのにやっぱり言われた。真沙美たちも何かひそひそ話していた。

村雨の言葉は心に突き刺さった。

マッサージが終わったあと、多少まどろむ感覚になって、天井を見ていた。

怜奈は何も考えず、服を着替えた。揶揄《からか》い半分だった真沙美たちも帰っていった。

少し落ち着いて、更衣室からけだるそうな顔をして出た。

更衣室にはやや長くいたのに、板の間の稽古場には村雨と亜紀の姿がまだあった。

何やら自分に興味がありそうな、気になる含み笑いをして立っている。

そんな大人の嗜虐的な笑みにも、今の怜奈は免疫のようなものができはじめていた。

眼を合わせても、以前ほど恥辱を感じなくなっている……。そんな自分にはたと気づいた。自己嫌悪を感じて、ぶるっと首を振った。

「こないだのジュース、中に何か入ってたんでしょう？」

怜奈はまだ少し涙目になりながらも、前に疑問に思っていたことを村雨に訊いた。

「その服、似合ってて可愛いね」

嬉しくもない言い方ではぐらかそうとしている。村雨の顔をじっと見つめていると、

「演技に色気が出るように、媚薬を飲んでもらった」

しらっとして、そう言われた。

「媚薬って何？」

媚薬を知らなかった怜奈が訊く。

「アソコが感じてしまう薬よ」

今度は亜紀が平気な顔をして応えた。

「えーっ、感じてしまうのぉ？　い、いやぁっ……」

そんな薬があるなんて俄《にわか》に信じられないが、とにかく変な薬を飲まされたとわかって、腹立たしくなるし、大事なところを意識してしまう。

「お子様にはことのほか効いちゃったわね。うふふ、お穴がぽっかりと開いちゃって……」

「いや、いやぁっ」

いやらしく言われて、怜奈は思わず媚薬が効いてしまった前を手で庇《かば》った。

「開いた穴から、ねっとりと何が出たのかな？」

村雨にたたみかけて訊かれた。

「そんなこと、言うのはいやっ。自分たちで、か、感じるお薬を飲ませておいて、わたしが恥ずかしい子のように言うなんて、ずるい！」

「ごめんね。でも、感じて愛液がいっぱい……てことになるのは、媚薬だけでそうなるとは思えないよ」

「え？　な、何が……ですか？」

「怜奈ちゃんの見られて、いじられて興奮する体質もかなり影響してるはずだよ」

「そ、そんなことない！　その、び、媚薬のせいだもん。それに、スケベで、あぁ、か、感じさせるように、やらしいことといっぱいする大人が悪いんだわ」

「はっはっは、わかった、わかった。でも、とにかく僕は怜奈ちゃんが主役になれるようにしたいんだ。本当だよ。だから、これからも言うことをよーく聞いて、ふふふ、多少恥ずかしかったり、気持ちよすぎたりすることは我慢してついてきなさい。決して悪いようにはしないから。ねっ……」

村雨はまた前に言ったようにそそのかして、気持ちの悪い猫なで声で言い含めようとした。

怜奈はそんな村雨に怒りを感じるが、主役の座は魅力だった。どうしてもマリン役を射止めたい。その気持ちにまったく変化はなかった。

翌日、稽古が予定より早く終わった。怜奈は村雨がちらちら自分のほうを見ているので、妙なものを感じていた。

真沙美と葵の二人が帰ったあと、前にも特別扱いされたように一人だけ残された。

「今日も特訓だよ。主役になるためだから」

案の定、そう言われた。村雨は手の中に何か丸めて持っていた。一歩近寄ってきて嫌なものを感じたが、さっとそれを渡された。

「あっ、何これ？」

村雨に渡されたのは、クロッチがパールの数珠になったショーツだった。股間は単に一本の数珠でしか隠すことができない。サイドも一本のゴムのひもである。

「こんな恥ずかしいショーツ、穿けるわけないわ！」

団員がまだいたが、抗いの声をあげてしまった。一瞬涙が出そうになった。

怜奈は周りを気にする村雨に稽古場の端に連れていかれた。

「上はこれ。ニップレスでＯＫ」

「ええっ、何を言ってるの？」

星形とハート形のニップレスを与えられたが、言われたことがニップレスのみの裸になれという意味なら、上下合わせてほとんど全裸に等しい恥ずかしさである。

躊躇していたら亜紀がやってきて、怜奈は更衣室まで肩を押されていった。

そばで亜紀が見ていたが、上を脱ぎ、銀色の星形のニップレスのほうがやや大きかったので、それを貼ってみた。

「や～ん、こんなのぉ……お乳が見えてるぅ」

前に着けさせられた極小ブラジャー以上の辱めである。乳輪の縁がはみ出していた。

「下も穿かなきゃだめよ」

亜紀が入ってきて促す。

「あぁ……は、穿くから外に出てってぇ」

「もういいじゃない。こないだは大股開きでマッサージされて愛液垂れ流し。すごい喘ぎ声出してイッちゃったじゃない」

「いやぁっ」

「見ててあげるから、スカートもパンツを脱いで」

亜紀の手がスカートのホックを外して、サイドジッパーを下げていく。

「やだぁ、どんどんエスカレートしてるぅ。このままいくと、真っ裸にされちゃう！」

「あはは、そうかもしれないわね。覚悟なさい」

怜奈は亜紀の手を摑もうとするが、大人の力のほうが強く、スカートを床にすとんと落とされてしまった。

「まあ、可愛い水玉ショーツ。でも、脱がしちゃう」

「ああっ」

ショーツもするっと足首まで下ろされてしまった。

「さ、これを穿くのよ」

亜紀が真珠パンティに脚を通させていく。恥丘の少し上でウェストゴムが肌に食い込むと、怜奈はヒッと息を吞んだ。か弱い少女の肉襞と包皮に包まれた敏感な肉芽が硬い真珠玉の圧迫を受けた。

怜奈は亜紀に鏡の前に連れていかれた。

「こ、これがわたしなのぉ……あぁ、い、いやぁぁ……」

自分のあられもない姿に視線が凍りつく。震える声と涙目、歪めた眉が怜奈の羞恥と屈辱を表している。

「そうよ、これがあなたなのよ」

腰を屈めて顔をくっつけてきた亜紀に、いっしょに鏡を見ながら言われた。

「わたしも穿かされたことあるわ。一日中よ。アソコに当たってくる異物感と恥ずかしさで、愛液がいっぱい出たわ」

亜紀がどうであろうと、怜奈はそんな話は聞きたくない。鏡に映っているのは、裸より卑猥で恥ずかしいアダルト下着を身に着けた自分の姿である。

「あなたも感じちゃってね。うふふ、演技の稽古で大股開き。どうしたってクリちゃんが直《じか》に真珠に当たって……愛液でネットリ、ヌルヌルよ」

「あぁ、だめぇぇ、感じたくなんかない！」

「アハハ、女の子は恥ずかしい目に遭って、感じさせられて、イカされて一人前よ。今日はとことんいじられちゃいなさい」

「あぁーう……」

怜奈は最後に真珠のクロッチを上へクイクイと二回引っ張り上げられて、恥裂に食い込まされた。もうそれだけで愛液が出てきそうになった。

結局、上はニップレスのみ、下はパール付きショーツという破廉恥な姿で稽古が行われることになった。

激しい動きで開いた小陰唇の間に真珠がしっかり入り込んだ。真珠の玉を貫いて通るクロッチのゴムが伸びて、膣口にもクリトリスにもピタッと強く当たってくる。肉溝に嵌《はま》ってくっついたままになった。

動くと、嫌でも膣やクリトリスに擦れてしまう。

(だめぇぇ、亜紀さんの言うとおりになっちゃう……)

痛いのと感じるのとで、愛液が溢れてきた。

「キック、ハイキックだ!」

「ああー」

村雨が命じるのは、怜奈が恐れていた大股開きになる蹴りのシーンである。

脚が伸びきってお股が最大限に開いた。怜奈のお股の肉溝は真珠で埋まっていく。

食い込んで擦れ放題になった。

「も、もう、できません」

怜奈は音《ね》をあげるが、

「まだまだ」

と、村雨に面白そうに言われて唇を嚙みしめた。

「マリンだよ、君が本当のマリンちゃんだ。はい、そこでマリンビーム!」

「あうぁあっ」

憧れのマリン役の見せ場がマリンビームなのに、その演技が一番恨めしい。百八十度開脚で、怜奈の花びらは満開状態。真珠クロッチは脚を閉じると、ピタッと肉溝の中に挟まっていく。

「あひぃぃ」

恥裂から尻溝まで真珠パンティが深く食い込んだ姿は、やはり亜紀によってビデオに逃さず撮られた。

感じるお股を嬲られつづけたが、疲労もしてきてキリのいいところで休憩が入った。

「ビデオはもう、いやぁン……」

怜奈は亜紀と村雨がビデオの映像を見て何やら談笑しているのを見て、あられもない姿で切ない声をあげた。

「うふふ、これまでで一番エロいのが撮れたようよ」

亜紀は怜奈を見てそう返してきた。

「いっぱい撮りすぎだもん。オーディションのときからだわ。映像、テレビで放送するの？」

審査のとき撮られたビデオ映像の放送について訊いた。

「ははは、乳首も割れ目も形が見えちゃってたよ。そんな映像、テレビ放送なんかできるわけがない。内輪で見て楽しむだけさ」

村雨はそう、うそぶいて笑った。

「やーん、それなら恥ずかしいビデオ撮る必要ないわ」

オーディションのとき、穿かされたショートパンツとキャミソールに乳首と割れ目が浮き上がって見えていたことは知っている。これまで嫌というほど乳首や女の子のスジ、お尻の割れ目を撮られまくった。その恥ずかしい映像は怜奈にとって無言の脅しにもなっている。

「女の子は見られて快感だろ？」

怜奈が穿かされているパール付きショーツを手で隠して縮こまっていると、村雨がその姿をじっと見て言った。村雨には前にも同じようなことを言われたが、確かにモデルをしていたころ、大勢の人に見られてそれが嬉しかったような記憶はある。でも、村雨が言う快感とはまったく違うと思っている。

「お尻も割れ目も乳首も、見られて快感のはずだ。女は露出して見られるのが好きな見られマゾだから」

「えっ、何、見られマゾって？　いやぁぁ……」

汚いような変な言葉だが、どこかドキリとさせられる不安なものを感じた。怜奈とて密着感のあるショートパンツや超ミニ、少し透けたブラウスなど大胆なものは、ほんのときどきだが着ることがある。そのとき見られる羞恥とともに快感があったのも事実だ。

特にミニスカートはひょっとするとパンティが見えてしまうかもしれない。スカートを穿いているなら、偶然捲れてしまうことがある。椅子に座るときなど、悪くすると股間が覗けてしまう。現にしゃがんだとき、前から大学生の二人にじっと覗かれたことがあった。慌てて膝小僧をピタリと合わせて脚を閉じたが、グリーン系の中間色のジュニアショーツが数秒間丸見えになってしまった。恥ずかしかったけれど、偶然見られたことでわずかなときめきを感じたことは否めない。

でも、今、やられているとんでもない晒され方はまるで違う……。

村雨の視線を乳首に感じるので、見たらニップレスが少し剝がれかかっていた。

「ニップレス、替えてきます」

怜奈はまだ稽古の続きがあるとはっきり言われていたわけではなかったが、ニップレスを替えるために更衣室に入った。

ピンクのハート形のニップレスに替えて出てくると、ドアの外に村雨が立って待ち構えていた。

「乳首を上手《じょうず》に隠したかい？」

目の前でじっと見下ろしてくる。視線は怜奈のちょっと肉厚な乳輪で持ち上がったニップレスに向けられている。村雨は吐息がかかるくらい近くに立っている。

「やーん」

至近距離から視姦されて、ゾクッと感じてしまう。

村雨の両手がすーっと上がってきた。

「ああっ、そんなことは稽古と関係ないわ！」

怜奈はニップレスを替えたばかりの乳房を、左右とも摑まれた。

怜奈はすでに口実なしに性的な玩弄を受けるようになっていた。マッサージのときはブラジャーでかろうじて隠されていたし、今もニップレスで乳首は見えないが、発育途上の初々しい乳房を無遠慮に揉みしだかれていく。

「もういいだろう。ニップレスを取るよ」

「やぁん、乳首が出ちゃう！」

今貼ったばかりなのに村雨は興奮して剝がそうとする。怜奈は胸に伸びてきた村雨の手を押しのけた。

「見せればいいじゃない」

亜紀もニップレスを剝がそうとした。怜奈は身体をひねって嫌がった。

「前に淫らなパンティ穿いて、快感でヌルヌルになって稽古してたんだよ」

村雨の手が腰に回された。

「いやっ、それ、あなたが無理やりやらせたから……」

怜奈は細腰をひねるが、グイと抱き寄せられた。

「そうかなぁ、必ずしもそうとばかりは言えないと思うよ……。お願い、ちょっと見せて。可愛いから。ねっ、ちょっとだけ」

強面なのに、またいつものように妙に優しそうな声で求めてくる。

「可愛いって言っても、見せるのは、あぁ、演技に関係ないわ」

怜奈が身体をくねらせて逃れようとすると、強く抱き寄せられて、髭面の顔がすぐそばに来た。

「少女は大人と違って、オッパイもまだ可愛くて、エロの興奮の対象じゃないから……」

「そんなの嘘っ、スケベな気持ちで見てる。触って、か、感じさせて……いやぁ、楽しんでるわ」

ハート形のニップレスを爪で引っ掻かれて、丸いところが捲れてきた。

「だめぇっ」

指でつまれて、一枚剝がされた。怜奈は慌てて手で隠したが、村雨はもう一方のニップレスも剝がしにかかった。

怜奈が嫌がってニップレスを上から押えると、その手を摑まれて離され、ニップレスをつまれてさっさと剝がされてしまった。

「あぁ、両方とも……やだぁ！」

怜奈は両手を交差させて左右の乳房を隠している。下半身は数珠《じゅず》つなぎになった真珠のクロッチで割れ目が隠されているだけというアダルトショーツなのに、やはり裸の乳房を見られるほうが恥ずかしかった。特に厚みのある濃桃色の乳輪を羞恥している。

クラスの友だちは色が薄くて平たいのに自分だけ乳首がぽってりと厚いし、色がかなり濃かった。そんな乳首を少女を辱めて悦ぶ大人の男に見られたくない。

「見せてごらん、吹っ切れるから」

ぞっとする言い方をされた。何を吹っ切るというのだろう。羞恥心から抵抗する気持ちのこと？　それならなぜ吹っ切る必要があるというの？

いやっ、主役をくれるからって、言いなりになって裸を見せるのは……。

怜奈はもともと自分が主役になる資格があると思っていた。真沙美はコネがあるから有利かもしれないが、実力は自分のほうが上だと自負している。それだけの資質を持っていることは村雨自身認めているし、まだ会ったことがないバーチャルの社長も推していると言われた。

ただ、やはり村雨の言うことを聞かなければ、このまま真沙美が主役になりそうな恐れは感じている。怜奈は大人の理由なんて嫌いっと拗《す》ねるが、だんだん馴らされてきて、偽のマッサージでイカされたし、今は裸同然の姿を晒してしまっている。

「強情な子は損をするわよ」

亜紀が卑怯な言い方をしてきた。

「乳房が恥ずかしいようだ。小さい子はみんなそうだね。でも、本当に可愛い子は自信を持ってオッパイ、ポロンと出して、真っ裸になればいいんだ」

「ああっ」

村雨の言葉が合図になったかのように、背後に立った亜紀が手を回してきて、怜奈の両手を摑んで胸から離させた。

「いやぁ、やめてーっ」

抗《あらが》いの声をあげて精一杯身体をよじるが、前からは村雨が加勢して両手は完全に離されてしまい、怜奈が羞恥するぽってり厚い濃い色の乳輪と先っぽの微小な乳頭が露出した。

「おお、この小さなオッパイ……乙女の尖ったような形が、おぉ、興奮するなあ」

やっぱり、そんなふうにいやらしく言ってきた……。わざとじっくり味わうように言う。それが大人の男の言い方とやり方なのだと思うと、深い不信感と絶望感に苛《さいな》まれる。

怜奈は平板な胸からポコッと飛び出した円錐形の乳房に、マニア男性が食指を伸ばそうと企んでいることを知っていた。少女好きなオタクの眼差しは嫌というほど見てきたし、痴漢の邪悪な指先がドアチャイムを押すように乳首を狙ってプッシュしてきた。

怜奈は亜紀に両手を掴まれたまま、村雨に指の爪でコリコリと乳首の先っぽを掻いて刺激された。乳輪は膨らみがあるが、乳頭は凹んでいて見えない。村雨は乳輪の厚みの中に埋まっている小さな乳頭を硬く尖らせようとしている。

「あン、あぁあン……」

怜奈は刺激を受けて、上体がピクッ、ピクッと痙攣の反応を起こした。微小な乳頭がみるみる突起して乳輪の外に出てきた。

「うほほ、乳首がムクッとな」

怜奈の尖ってきた乳頭は、村雨に指先でコロコロと転がされた。

「あっ、い、いやぁっ……」

乳輪から飛び出したのに、さらに尖ってしまいそうになる。いじってくる村雨の指を眉をしかめて見ながら、胸をゆすって嫌がり逃れようとする。

感じさせられて硬く突起した乳首は、乳輪から一センチくらい飛び出していた。

痼《しこ》り立った二つの乳頭を同時に指でつままれた。怜奈の乳首は左右とも引っ張られて、さらにねじられた。ねじって伸ばすのだ。

「だめぇ、しないでっ……あはぁうっ……い、いやぁっ、伸ばすのだめぇぇっ」

自分の変形させられた乳首を見て、村雨に対して首を振る。

しばらくグリグリと右に左に面白そうにねじられて感じさせられ、快感の溜め息をつくと、村雨は小指の爪を二つに割れた乳首の先端に入れてきた。

「そ、そこ、いやぁーっ！」

乳首の快感が電気が流れるように下半身に伝わった。乳首をつままれただけで、まだ秘められた部分には触れられていない。にもかかわらず怜奈の下の口は開いてしまった。

怜奈が恐れるのは無理やり猥褻なことをされているというのに、気持ちの昂《たかぶ》りで膣が締まったり、愛液が溢れたりすることである。自分の心と身体がどう変化するか予測がついてしまう。自分の身体にそんな卑猥な性感帯が存在することを知っている。村雨に言われた見られるマゾの快感、さらにいじられるマゾの快感が頭をもたげてきそうになった。

村雨は感じさせれば、女の子はどうにでもなると思っているような気がする。イカされたわけだから、卑猥な玩弄を認めたとみなされているのだろうか。そんなことない……と、声をあげたかった。

乳首という少女でも強い性感帯を陰湿に愛撫玩弄されて、怜奈の小さな身体は悶えていく。

亜紀は前に回ってにんまり笑いながら、怜奈ののけ反って強張《こわば》ってしまう肢体をビデオに撮りはじめた。

「もう、撮らないでぇ！　恥ずかしいところ撮って笑うなんてひどいわ」

ビデオ撮影を涙声で拒むが、その泣き顔にカメラが向けられた。

「顔は、いやぁっ……」

怜奈は顔を鋭く背けて、逃れようとする。

「可愛いから撮っておきましょう。誰も怜奈ちゃんを笑ってなんかいないわよ」

「そのとおり。可愛い子がさらに可愛くなっていく。本当の美少女に成長していく過程を映像に残しておきたいんだ」

「あぁ、そんなことこじつけだわ。あなたは、ジュニアアイドルのエッチなビデオをつくってた人だもん」

「それは心外だなぁ。もう劇団の演出家だよ。戦隊美少女・マリンは全国公演が決まってるんだ。怜奈ちゃんはその主役になる。すごいことなんだよ」

「あぅ、そ、それを言うのは卑怯だわ」

「卑怯なもんか。本来なら、まあ、バーチャルのコネもあるんだけれど、真沙美ちゃんがマリンになるところだったんだ。それを可愛さと色気と、むふふ、エロさで怜奈ちゃんに軍配が上がったわけで……。だから、その色気、エロスをもっと開花させていこうよ」

「な、何を言うのぉ。エロとか、わたしはそんな女の子じゃないわ」

「エロスは何も悪いことなんかじゃないよ。マリンビームでパカァと股を開いたとき、上質な少女エロスが期待できるかどうかは、美貌、プロポーション、性格のよさ、品性。色んな魅力を併せ持っていなきゃいけないんだ。前にも言っただろ? エッチなことする必要な

「あぅ……そ、それなら、上質な、エ、エロスにしてぇ。エッチなことする必要な

いわ」

「いやいや、少女のエロスはペットを可愛がるようにたっぷり愛撫して、怜奈ちゃんの身体の奥の奥から、じゅわーっと滲み出てくるように……」

「いやぁーん、そ、そんなことしなくても、わたし、ちゃんと演技しますぅ」

「じゅわ、じゅわーっと、こうやってぇ……」

真珠のクロッチを持って引っ張り上げられた。

「アアアッ！」

真珠が数個割れ目の肉に食い込んでくる。さらにぐりぐりっと何度も引っ張られてオマ×コをえげつなく摩擦された。

「あンあぁあああっ！　そ、そんなことしたら、だめぇぇぇっ……」

怜奈はただでさえ異物感で悩まされていた少女の敏感部分が無遠慮に刺激されて、思わず爪先立って防御的に膣口をぐっと締めてしてしまった。

「あぁ、エッチなことするために、最初真沙美ちゃんを主役にしておいて、競わせたのね」

前から疑っていたことをついに口にした。

「えっ？　そんなことない。考えすぎだよ……」

口調が怪しい。図星なのだろうと、怜奈は勘ぐった。

でも、ここまで来てしまった。こうなってしまって、村雨が言うようにエロスを開発されて、戦隊美少女・マリンの主役に選ばれて、全国公演でアイドルになる。

美少女って一口に言っても、レベルに雲泥の差があると聞いている。この主役はただのポッと出のアイドルじゃない。一種のカリスマ性が要求される。

（わたし、ひょっとしたら、美少女アイドルとしてトップになれるかもしれない）

ふと、そんな思いが頭をもたげてきた。

「脱がすよ。いいね……」

「下はいやぁン。真っ裸になっちゃう」

村雨の手が腰の両側に伸びてきて、パール付きショーツのウェストのゴムを掴まれた。

「うあぁぁっ！」

膣穴から肉芽まで真珠が割れ目に食い込んでいたショーツを、ズルッと一気に脱がされた。

取れたときの快感は腰がへなへなしてしまいそうになるほどだった。それくらい膣口への玉の没入とクリトリスへのいやらしい圧迫感は卑猥な責めになっていた。

「ほーら、とうとう真っ裸になっちゃった」

「あぁ、いやぁぁ……」

村雨は怜奈が口にした真っ裸という言葉で返してきた。

身体が動かない。もう手で隠す気持ちにもなれなかった。全裸を晒したまま時を刻んでいる。

「おお、スベスベの土手だね。当然だけど毛が一本も生えていない」

そう言って恥丘を撫でられた。盛り上がった生白い丘は、少女エロスの特徴としてその真ん中からざっくり割れ込みが下方へ続いている。

「むふふふふ」

怜奈の股間に村雨が顔を近づけてきた。

「い、いやぁ……」

怜奈はまっすぐ立った姿勢で、真正面から村雨に視姦されている。恥裂の下部に正面から見て大陰唇の左右の膨らみがあるが、その中から小陰唇が露出している。少女なのにラビアの肉襞が可愛くも卑猥な姿を露《あらわ》にしていた。

怜奈は抵抗する気力が徐々になくなってきた。とうとう全裸にさせられて、少女にも備わっている性感帯をいじられ、快感を覚えさせられていく。無理やりであっても結局性的に感じてしまう。それは避けられない。

「再来年くらいにはもう別人になっているだろうね」

怜奈の腰回りを撫でていた村雨がぼそっと言ったが、怜奈は意味がわからなかった。

「二年か三年くらい前でも、絶対いい線言ってたと思うよ」

「この子、そんな小さいころからエロエロな感じだったのかしら」

亜紀に顔を見られながら言われて、怜奈は悩ましくなる。

「この時期しかないロリータの年齢で、怜奈ちゃんは男をソワソワさせ、変な気を起こさせる魔性を持っている。あと一、二年でその魔力は消える」

怜奈は自分の品評する村雨の言葉は聞きたくないが、一瞬考えてしまう。前にもロリータであることが大切だというようなことを聞かされた。今の年齢の自分が特に大人の男の人を興奮させ、狂わせるということなのか……。モデルのときから顔や身体をその手の男に見られまくり、撮られまくってきたからわかる気がする。

「まあ、もちろん何年経ったからといって、女の価値が下がるわけじゃない。別の女の魅力——普通のティーンの美少女になるということ。だが、ロリータではなくなるんだ。たぶん二年くらい前からロリータとして男を勃起させる力が強かったはずだ。

そのとき、ジュニアアイドルとしてビデオに出てればすごかっただろうね」

「あはは、怜奈ちゃんなら、幼女のときでも超美少女は、たとえずん胴でくびれがなくても丸っこいお尻は男をそそるでしょうね」

亜紀が言うと、村雨の手が怜奈のお尻にすっと伸びてきた。

「やぁん、触らないでっ」

床に横座りになっていた怜奈は慌ててお尻を引っ込めた。

「可愛い土手の下にロリータの溝があるわ。深い溝……。溝の中では小さな軟体動物が蠢いているかもね」

「だめぇーっ」

村雨の手が閉じていた太腿の間にスポッと入ってきた。指が器用に恥裂に侵入を果たした。

「村雨さんお得意の当て布なしの水着で濡れぬれ食い込みさせて、クリちゃんの突起と包皮の形まで暴いていく」

村雨は亜紀のいやらしい言葉をニヤリと笑って聞きながら、怜奈の股間で指を曲げ伸ばししてきた。

「ああン、だ、だ、だめぇぇ……いやぁン!」

もう腰に手を回されて抱き寄せられているので、長い中指を敏感な肉溝深くまで入れられてグジュルッと卑猥に掻き出されてしまう。肉襞で守られたロリータ怜奈の幼穴がキュッと締まったり、その膣肉の一帯がピクピク痙攣したりと過敏な反応を示した。

「抜群のルックスとお股の美幼女ぶりで、全国のエロ男爵の濁液が大量噴出するのね」

「はっはっは、そのとおりだ」

怜奈は村雨と亜紀の異常な会話を聞かされながら、恥裂を何とか守ろうと床にお尻をしっかりつけてイヤイヤと首を振っていた。

やがて村雨の手は怜奈の股間から抜かれたが、それも束の間、怜奈はまたその場に立たされた。全裸のまま羞恥に身を揉んでいなければならなかった。

陰核包皮が細くなって見えている。その両側がちょっと赤味を感じる大陰唇である。肉芽はまだ包皮の中に隠されていた。

包皮の三角帽子の下部から左右にごく小さな襞びらの小陰唇が伸びて出ていて、色合いがまったく不潔感のない透明感のあるピンクだった。

亜紀に背後から両腕を摑まれてほとんど気をつけの姿勢にさせられ、前にしゃがんだ村雨に幼い性器をイタズラされた。まだ剝けていない包皮の上から、肉芽を指の腹で押さえられてグリグリ揉まれていく。

「あはぁあっ！」

怜奈は鋭い快感に啼《な》かされた。襞びらをつままれるのを感じて、反射的に内腿をギュッと閉じ合わせた。

村雨の手が腿の間に入って押し分けてくる。怜奈はもはや強く抵抗する気にはなれず、また少し開脚した。

「動かないでじっとしてて。まかせておけばいいから」

村雨にまかせておいたら、大事なところはこれでもかとイタズラされてしまう。それも恐いが、今亜紀が後ろから手を押さえているのが苦痛だった。

「手を離してぇ。もうじっとしてるから……」

怜奈は初めて村雨たちによる愛撫を認めるようなことを口にした。

「まあ、いい子になったわね」

亜紀は怜奈の柔らかい二の腕から手を離した。

村雨はその様子を見て笑ったように見えた。

大陰唇も小陰唇もくつろげられて、秘密の花園を暴かれた。手の空いた亜紀も村雨の横にしゃがんで、見えやすいように脚をさらに開かせようとした。怜奈の気持ちの中は次に何をされるのだろうという不安とどうしても出てしまう期待感で混乱していた。

「少女はこんなものも持ってるんだよ」

「アアッ！」

村雨に陰核包皮をつままれた。まだ包皮を剝くことはせずに、つまんで内部のクリトリスを圧迫してきた。

「ピンクの真珠をツンツンしてあげてよ」

亜紀が身を屈めて、村雨の横から細長い人差し指で包皮をグッ、グッと二回押して剝こうとした。

「そこぉ、やめてぇ。あっ、あぁあああっ」

怜奈はクリトリスの包皮を剝かれたらどうなるかくらい知っている。肉芽はすでに充血して膨らんでいた。

「見えるぞ……」

村雨は唾をつけた指の腹でぐるぐると小円を描いて、怜奈の陰核亀頭を直に摩擦しはじめた。

「くはあっ……い、いやぁ、そこぉ、だめぇぇぇーっ！」

　亜紀によって無神経に剝かれた包皮の痛みに、村雨が細かく指を動かして陰核を摩擦する快感が被さってきた。

「さっきよりお股が開いてきたじゃない」

　亜紀が言う。確かにそうだった。怜奈は股関節の力が弛んでいた。覗けてきた膣口に、村雨の指がわずかだが挿入された。

「あいぎぃっ……」

　生まれて初めて、少女器のど真ん中に他人の指が入れられた。

　怜奈は小さなこまっしゃくれた顎が上がり、小鼻がプクッと膨らんで、カクカクッと顔も身体も痙攣した。

　怜奈にとって性器の内部は、クラスの女子生徒の間で生理の穴という俗的な呼称がついているように、セックスはおろかオナニーの対象にもなっていなかった。そこに指などを挿入して卑猥な遊びをする、あるいはセックスをされるという意識はまったくなかったのだ。ごくまれにやっていたオナニーは性器全体かクリトリスを擦るくらいだった。

「痛いっ……ぬ、抜いてぇ……入れるの、恐いぃ、お願いぃ……」

怜奈は痛みと恐怖で身体が強張っていく。「イーッ」と言う口の形になって歯を食いしばった。そんな超美少女の痴態は極上のエロスを提供する。

少女嗜虐の悦楽などわかるはずもない怜奈は今、指の挿入によって膣口の位置を正確に感じ取っていた。それは悲しい認識だった。

怜奈が疼痛を訴えると、まもなく村雨の指が抜かれた。

「おぉ、入りかけたぞ……むふふふ、ズブッと行こうと思えばやれたが、それはまだあとに取っておこう。いや、そうしなきゃいけないかな」

どういう意味だろう。妙なことを言われたが、わからない。村雨の言葉の意味を吟味する余裕はなかった。

「ああー、立ったまま感じさせて……そ、その少女エロスを出すっていうのぉ?」

怜奈の悩ましい訴えを、村雨はただ笑って聞いていた。

怜奈が全裸でぐったりと脱力して、亜紀にビデオを撮られながらしどけなく立っていると、それを見た村雨もどこか気持ちに変化が生まれたのか、玩弄の手を休めた。

「たとえ美少女でも、性格の悪い下品な女の子は価値がないよ。怜奈ちゃんは違うよね。とてもいい子だ。そんな子がだんだん淫らになっていくのが最高だよ」

「いやぁ、淫らなんかじゃないわ。あなたが無理やりしたから……」

怜奈は最後まで無理やりされていると言い張った。だが、それは単なる言い訳ではなかった。卑猥な責めであっても、自ら羞恥と快感の罠に嵌《はま》っていく。そのとき怜奈は少女なりの被虐快感の高まりを示していた。そんな叫びであった。

（無理やりって言ってほしいんでしょう？　そのほうが男の人興奮するから……）

怜奈は思わず、そう口に出して言うところだった。

第四章　淫らな破瓜は枕営業で

「いっしょにお風呂に入ったあと、添い寝するだけでいいのよ」

車の中で亜紀に言われ、怜奈はまさかセックスをされるのではないかと不安感に囚われた。

すると、亜紀がそんな恐がる表情を見て取ったのか、

「枕営業じゃないわ……」

と、ちょっと笑みを見せながら、横にいる怜奈の膝の上に手を置いた。

今、バーチャル社長の門田棋一郎《きいちろう》に会うため、ホテルの一室に向かっている。

偉い人に会うから藤色のおしゃまな余所《よそ》行きのブラウスを着ている。スカートもミニだが、すそ丈が膝より少し上でちょっと長め。これまで恐いほど短い超ミニを穿かされてパンツ丸見えだったことへの反動もあった。

亜紀の言うことなんて疑わしい。でも、主役の座がかかっている。社長の門田が自分を推しているという村雨の言葉が耳に残っていた。

「お風呂に入るなんて、裸にならなきゃいけないんでしょう？　添い寝はベッドにいっしょに寝ることだし。それって、やっぱり枕営業じゃないですか？」

怜奈は膝から手を引っ込めた亜紀に直接的に訊《き》いた。

「違うわよ。ただのお遊び。すぐ終わるから」

亜紀は車の後部座席にいっしょに座っている。目の粗い黒網ストッキングを穿いた亜紀を見ていると、紫の全身網タイツを着せられた羞恥地獄を思い出した。

だが、怜奈は親の反対を押しきってオーディションに出た手前、亜紀に頷いてしまった。

「バーチャルに入りなさい。大きな事務所だから得よ」

しばらくして、また亜紀にそそのかされた。怜奈は何も応えなかった。亜紀のような女がいる事務所に所属したら何をされるかわからない。大人の世界は恐いというのが怜奈の思いなのだ。

車はやがて門田が泊まっているホテルに着いた。

怜奈は亜紀とともに車から降りて、緊張しながらエレベータで門田社長が泊まっている部屋まで行った。

部屋に入ると、門田がミッドナイトブルーのナイトガウンを着て待っていた。

少し禿頭で老眼鏡のような眼鏡をかけた普通のおじさんに見える。初対面の印象はそんなに恐くなかった。

最大手の事務所社長で芸能界の大物だが、強面《こわもて》の村雨を見ているので彼と比べても恐さを感じない。でも亜紀の話からすると、怜奈はまだ不安だった。

門田がソファから立って、亜紀のそばで恐々会釈した怜奈の前に来た。背は百七十センチもないように見える。

「おお、ビデオで見るよりずっと可愛いよ。むふふ、お声も可愛くて……ぐふっ、気持ちよくなってる声がね。ビデオでいろいろ見たんだよ」

「あぁ、は、はい……」

怜奈は小さな消え入るような声で応えた。間近から全身を舐めるように見られて言われた怜奈は、上目遣いに門田を見て眼をパチクリさせた。下半身に視線が向けられたので、ハッとなって手で前を隠した。

「ふふふ、いいねえ……」

門田は脂性気味に鼻をテカテカさせて、早くも怜奈に好色な眼を向けてきた。声とか、ビデオで見たとか、最初から怜奈が恥じらうことを言葉にあらわしてくる。眼を細めて笑うところが村雨とよく似ているが、笑い方が村雨よりさらにスケベそうで気になった。

「身長百四十七センチか……ちょうどいいよ。これ以上高かったら手ごろじゃないだろうな。たぶん今が美少女としてピークだろう。乳房の膨らみ方もこれくらいがちょうどいい」

「まあ、少女がお好きなんですね」

亜紀が笑顔で応えた。怜奈はそんな亜紀が本当に嫌いになる。

「触ったりしたらいけない雰囲気が半端じゃない。この子は興奮できそうだ」

「あぁ、いやぁぁ……」

まだほんの少女だからこそ興奮できると考えている。少女に対するものの見方が村雨と同じだった。大人の恐さ、醜さを如実《にょじつ》に感じた。

「オッパイはまだ小さいな」

「えっ……」

ブラウスの胸を指で差された。

怜奈は乳房でツンとなった胸を隠そうとして手が動きかけた。だが、恥ずかしさでもじもじするだけだっだ。蛇に睨まれた蛙のようになる。

「身体の線が、ぐふふ、こうなって大人っぽい……」

両手をさっと脇の下に入れられて、くびれた腰まで撫で下ろされた。

「ああっ、やーん！」

初対面でまだ数分しか経っていないのに、身体に触られてゾクゾクッと感じさせられた。

（あぁ、女の子を恥ずかしい目に遭わせて楽しむのね。オタクとかそんなタイプじゃないのに、やっぱり同じようにエッチないじめをするのが好きなんだ）

怜奈はじっくり少女を吟味するような門田の眼差しに怯えた。

「ビデオでご覧になったように、この子はもうかなりでき上がってきています。アダルト下着でお稽古。そしてスッポンポンになって、うふふっ、挿入一歩手前まで行きました」

「むう、わかっておる。いい子だ、いい子だ……」

亜紀は枕営業なんてないと言ったが、門田の言葉や自分を見る眼つきからとても信じられなかった。

「あぁ、わたし、帰るぅ……」

怜奈は一歩あとずさりして後ろを向きかけたが、すぐ亜紀に止められた。

怜奈の藤色のブラウスの胸に、門田の邪悪な手が伸びてきた。

「やぁあン！」

ポコッと飛び出す形の発育途上の乳房が、節くれだった無骨な指でつままれた。

「いやっ、触らないでぇ……」

村雨のときと同じで、三本の指で上手につまむ感じだ。上半身をぐっとよじるが、乳房をギュッ、ギュッと平気で揉んでくる。左の乳房を揉まれ、右も握りつぶされた。

「い、痛ぁい！　許してぇ」

少女の小さな乳房を大人の手が捉えて、禁忌感の強い眺めになっている。門田は涎を垂らしそうなにやけた顔になって、その興奮が怜奈にもわかった。

「やぁぁぁーン！」

泣きだしそうなおののきの声とともに、怜奈は身体を揺すって抵抗した。怜奈は綺麗な球体に近いお尻は自慢だったが、平たい胸からぴょこんと飛び出したような乳房は恥ずかしかった。だが、団員の女や村雨にマッサージされたときもそうだが、厚みのある乳輪と痼《しこ》り立った乳首をいじられるうち、そこが少女の魅力であることに気づかされた。

（いやぁ、男の人、大人の女の人のオッパイに飽きたから、わたしみたいな小さい乳房にイタズラしたがるんだわ）

乳首は感じて愛液が溢れたが、膨らみはじめた思春期の乳房は揉まれても痛いだけだった。

怜奈が幼乳へのイタズラ行為を振りきると、門田は一瞬憮然とした顔になったが、すぐ取ってつけたような笑顔を見せた。

「ははは、今のは冗談。お風呂でちょっと身体を洗ってくれんか？」

そう言ってきたが、怜奈は警戒して上目遣いに門田を見るだけだった。門田は腰を屈めて、顔を怜奈に近づけてきた。今度は真顔になっているので緊張させられた。

「主役になりたいんだろ？」

訊かれて、怜奈は声は出なかったが、コクリと頷いた。

「アジアの国で少女に身体を洗ってもらって、それが気持ちのいいこと。チ×ポがビンビンになって、そのあと、ぐふふ、ズッコンと」

聞くに堪《た》えない話をされて、怜奈は唇を噛みしめる。

「それでわしは少女に身体を洗ってもらうのが好きになったんだよ。怜奈ちゃんのその小さな手でおじさんのアソコを洗ってくれないかなあ」

アソコと言われて、それがどこなのか聞く気にもなれない。想像はつくだけに虫唾《むしず》が走る思いになる。

「下着は着てていいから、さあ、お風呂に入ろうね」

門田は怜奈の前でナイトガウンを脱いで、先にバスルームに入った。一瞬門田の裸を見てしまって顔を背けたが、亜紀に促《うなが》されて怜奈も入った。

そこには、全裸になった門田が仁王立ちになって待っていた。怜奈は門田の前で顔を上げることができない。

「恥ずかしがることはないよ。さあ、手にシャボンをつけて……」

クリーム状のボディソープを手につけさせられて、門田のたるんだ胸や腹をシャボンだらけにして洗わされた。とにかく贅肉のついた腹の下で半立ちになっている逸物は見ないようにした。

「さて、次は、ここを念入りに洗ってくれ」

「えっ」

門田が指差したのは男の逸物だった。

「あぁ、大人の男の人がそんな恥ずかしいことさせるのぉ？」

怜奈は赤面してつい勃起しかけた肉棒を視野に収めてしまった。

「わしが裸になっているんだから、上はブラジャーを取ってもいいだろう」

トップレスを促されて怜奈は恥じらい躊躇したが、仕方なく白いジュニアブラジャーを外した。タイルの上にすとんと落とす。ふと思ったが、門田は怜奈が身に着けていたブラジャーやショーツには興味を示さなかった。そういうところもオタクとは違っていた。

「可愛いオッパイだねえ」

もう手で隠すようなこともせずに俯いていると、門田の細い眼がやや大きく開いて、興味深そうに円錐形の幼乳に視線を向けてきた。さらに、乳房にシャボンをこってりとつけられた。

「い、いやぁ……」

怜奈は声が震えた。

門田に両手で乳房を念入りに洗われていく。ボディソープのシャボンでヌルヌルと滑って、十本の指が複雑に縦横無尽に小さな乳房の上を這いずり回る。虫唾が走るような快感で恥ずかしい声が漏れてしまった。

門田はニヤニヤと笑いながら、すぐには乳房へのイタズラをやめなかった。よほどいじる心地がいいのだろう。怜奈の尖った乳首を指先でつつき、ちょっとつまんではピンと弾いた。

そして両手で何度も左右の幼乳を揉みしだいてきた。シャボンでヌルヌルしていても、怜奈は苦痛だった。

「だめぇっ」

気持ち悪さと痛みで思わず、門田の手を摑んでしまう。

「下も脱ぐんだ」

落ち着いた声で求められて、何か抵抗できないような気持ちになってしまう。下着を着けていていいと言ったその舌の根も乾かぬうちに早くも全裸にされようとしている。村雨に言われた「慣れてきてる」という嫌な言葉が脳裏に甦《よみがえ》ってきた。

門田がショーツに手を伸ばしてきた。怜奈は脱がされる前に自分で結局ショーツを下ろしていった。

恥丘にまで割れ込む少女特有のくっきりとしたスジを門田に観賞されていく。怜奈は以前から自分のような少女の恥裂に大人の男が性的な関心を持っていることを知っていた。それは単にオタクとかロリコンとかいう種類の男だけではなく、女をいやらしい眼で見て楽しもうという男すべてに共通しているような気がした。スジは怜奈の羞恥と屈辱を大いに刺激する存在になっていた。

門田はまた幼い乳房をつまむようにしていじりはじめた。

「乳房は痛いから揉んだりしないでぇ……ち、乳首は……少しならいいです」

もう乳房への玩弄は避けられないとわかっている。イジメにしかならない乳房を摑んで揉む行為はやめてもらいたかった。妥協しないと何も聞いてくれないと思ったのだ。

門田はニヤッとして案の定、怜奈の乳首を凝視するように見ている。手のシャボンを洗い流すと、指に唾をつけて怜奈の顔の前でいやらしく乳首をつまむような仕草をしてみせた。

「やーん、そういうふうに意地悪な感じにしないでぇ」

少女っぽい可愛い涙声になって訴えると、門田の手が止まった。

「意地悪じゃなくて前戯のうちの一つだよ。ロリータちゃんを愛撫するテクニックとしてスケベな雰囲気をつくるんだ。むふふふ」

門田は唾のついた指二本を怜奈の顔の前に持ってきた。

「ロリータって言わないでぇ」

怜奈はその言葉自体は嫌いではなかったが、名前で呼ばれずに、JSとかロリータなど一般的な用語にされると貶《おとし》められたような気がした。ロリータは村雨も言っていたが、エロチックな存在の記号として扱われ、自分が自分でなくなるようで嫌なものを感じた。

「ロリータ・マリン・怜奈ちゃんだ」

「あぁ、だめぇ……」

「ここがロリータ」

そう言って、乳首を唾をつけた指でつまみ上げようとした。ヌルヌルしてつまめないと、こちょこちょと指先でくすぐって、上から押して揉んできた。

「そして、ここがマリン」

尻たぶをムギュッと掴まれた。少し揉んで尻溝に指が引っかかると、両手で尻溝を開いて、敏感な皺穴を指先で掻くようにしていじった。

「やだぁ……いやぁーん、そこは嫌なのぉ！」

声をあげてお尻を振る。門田の指が肛門から離れた。

「ここが、怜奈ちゃん……」

「アアアッ！」

怜奈の羞恥と快感の中心部に門田の指が侵入してきた。節くれだった指が柔らかい幼唇の間に入って、その辺り一帯が凹み、数回グリッ、グリッと指が曲げ伸ばしされることによって掻き出された。

「やぁあン、しないでぇ！」

ひときわ大きな抗《あらが》いの声を奏でた。名前のことで羞恥と屈辱を感じる妙な言い方をされて、敏感そのものの少女の性の泉を荒らされた怜奈は涙がポロリと頬を伝った。

門田もちょっと気後《おく》れしたのか、手を止めてしばらく無言だった。

「チ×ポとオマ×コを洗いっこしよう」

やがて、手を摑まれて肉棒に導かれた。

握らされていく。門田は手にシャボンをつけて、躊躇なく怜奈の股間に差し込んできた。

好色な眼がキラッと光る。手が閉じていた脚の間に滑り込んだ。ボディソープの泡でヌルッと滑ってあっという間に股間に侵入した。

「あぁ、しちゃいけないわ。いけないいからぁ！」

怜奈は自分の手に門田のギンギンに立った肉棒を感じ、同時に自分の股間で門田の指を感じた。そのおぞましさに、怜奈は愛くるしい大きな瞳を涙でウルウルさせた。

ゴクリ……と、門田の生唾を飲む音が聞こえた。

「こんなこと、い、いやぁあっ」

ゾクッと身震いして、思わず門田の手を内腿で挟んでしまった。

脚で挟んでいても、門田の手は怜奈の股間を玩弄してもぞもぞと蠢きつづけた。もう股間を邪《よこしま》な手から守れないことはわかっている。閉じた太腿の力もやがて弛めてしまった。

怜奈の桜の花びらのような秘唇は門田の指で完全に捕捉されていた。

下半身をくねらせると、太い腕を腰に回された。動けないようにするつもりなのか、腰に回した腕でぐっと強く抱き寄せられた。身体がくっついて門田と向き合ってしまう。

「あ、洗いっこなんて、いやぁぁ。触らないでぇ……」

少女の泉が湧き出る深い部分にまで指が到達しようとしている。花びらの中までいじられるのはわかっている。男の人がそこを逃すはずはないから……。

まずぽってり肉厚な大陰唇を撫で回された。それは門田の指にシャボンがついていたためか、少し気持ちがよかった。

早く終わってほしい。そう念じながら、手のひらいっぱいに当たってくる門田の勃起した肉棒をそろりそろりと撫でて洗った。

「もっとだ。摑んでギュッ、ギュッとしごけ」

「あぅ……」

怜奈は湯気が立ってもやもやしているバスルームの密室の雰囲気と門田の迫力に呑まれて、求めに応じて手に力が入ってしまう。男の勃起の握り心地は不気味でドキリとさせられる。その生き物は独りでに動いている。そんな感触が手に如実に伝わってきた。ビクンと脈動してくる。

「おうぅ、い、いいぞ……もっとだ」

怜奈は本能的に、このまま肉棒を洗いつづけたら射精するのではないかと思った。怜奈は射精ということを知っている年齢だった。

門田に従って両手でやや力を入れて、泡だらけにして上下にしごく。門田はやがて手を怜奈の自然に反ったセクシーな腰からお尻に回してきた。今すぐ射精までさせる気はないようで、怜奈の後ろに回った。

と、背後から尻の割れ目に、怜奈が手で触りつづけていたそのおぞましい硬いものがグイと押し当てられた。

「やぁン！」

門田の勃起はズブッとお尻の割れ目に入って、すぐ上へそれていった。背後でよくわからないが、手で持って狙ってきたのか、また尻溝に今度は下方へ押し込んできた。

門田はやや腰を屈《かが》めているが、それでも怜奈の股間へは入らずに、また上へヌルッと肉棒が逸れて、三度目に手でしっかり握って股間に侵入させてきた。

「あぁっ、そこは、やだぁ！」

怜奈はまさかおチ×ポを、硬い大きなのを入れられるのではと恐怖したが、大陰唇の上をズルッと滑って、自分から見えるスジの下からぷっくり膨らんだ亀頭が顔を出しただけだった。

膣には村雨の指が入りかけてすごく痛かった。だから、手で触ってその巨大さがわかっている門田のペニスが自分のあの小さな穴に入るなんて考えられなかった。

（あぁう、そんなことになったら、大事なところが……さ、裂けちゃう！）

怜奈にとっては生理の穴という呼称でしかなかった膣口である。日常的には存在すらほとんど意識することのない体内への入り口を今ほど意識したことはない。

（男の人のオチ×チンが立って、興奮してきたら、あぁ、わたしみたいな年齢《とし》の女の子にでも……い、入れたくなるわ。いやぁ、恐いっ……入れられたら、わたし、死ぬぅ！）

怜奈は大陰唇、小陰唇にヌニュルッと肉棒の亀頭からごつごつした肉茎までが擦れていく感触で、言葉だけ知っているセックスが現実のものになろうとしていることを悟った。

「ぐふふ、ちょっと素股をな……」

門田はそう言って、数回ズルッ、ズルンと太い肉棒を怜奈の股間で前後動させてきた。怜奈は襞びらで硬い勃起が擦れていく感触を味わった。肉茎と亀頭が感触ではっきりわかって、亀頭が小陰唇を押し分けて突き進むのを何回も味わった。

「アアアーッ!」

単調な繰り返しでも、大人のペニスから不気味な快感を与えられた。全裸になって男性との関係でもうこんなことまでされる状態になってしまった。怜奈は運命から逃れられないような、そんな自分を意識した。

やがて、怜奈はシャワーの湯をザーッと股間にかけられてシャボンを洗い流されると、バスルームから出された。亜紀が大きなバスタオルで全身を包み水気を吸って拭くと、後ろに立った門田に両肩を摑まれてベッドのほうに歩かされ、寝転ばされた。

「媚薬を塗ります」

亜紀が媚薬の軟膏を手にして、怜奈と門田がいるキングサイズのベッドに上がってきた。

「ほんの子供みたいな少女に、どのくらい効くのかな」

門田が亜紀に訊いた。超ミニで横座りになった亜紀は、黒網ストッキングの下からサテンの真紅のパンティを覗かせて、軟膏のキャップを回している。

門田の手がすっと亜紀の股間に入っていくのが見えた。バスルームで自分に卑猥なことをしたばかりなのに、もう別の女の股間に手を突っ込む。怜奈はそんな門田に大人の醜さを感じた。

「ああっ……かなり効きますよ。こないだは媚薬入りのジュースを飲ませたんですが……あう……今日は軟膏をこってりと……あああっ！」

亜紀は門田に股間をいじられながら、軟膏を指にたっぷり取った。

「媚薬なんて、いやぁ……」

亜紀は人差し指の腹に厚く軟膏を取ったので、怜奈は自分の秘唇の小ささと比較してこってりと塗られそうで恐くなった。

「クリちゃんから、アソコの穴まで……」

「だめぇっ……か、感じさせられて、恥ずかしいからぁ！」

そんなにあちこちに塗るなんてと、飲み薬の媚薬を経験させられて感じまくった怜奈は憤《いきどお》って、品のいい小さな口から哀しい声を奏でた。

「ふふ、女は男以上にスケベだな。いたいけな少女にはちょっと酷かもしれないぞ」

「大丈夫です。この子は意外にエッチなんですよ。感じはじめたら止まりません。大人と同じようにのけ反って、喘ぎ声もすごいんです」

「うはは、そりゃ楽しみだ」

門田は亜紀の股ぐらから、怜奈の割れ目に興味の矛先を向けてきた。

「あぁ、エッチなことといっぱいしてきて、変なお薬も使って……。大人だからいやらしいこと知ってて、抵抗できないように、か、感じるように持っていくもん」

「わっはっは！」

怜奈は涙声になって訴えたが、そんな怜奈を大いに笑って相好《そうごう》を崩す門田である。

「うあぁっ……」

怜奈は門田と亜紀に脚を摑まれて、大きく開脚させられた。

「社長、怜奈ちゃんの割れ目を指で大きく開いておいてください」

亜紀が求めると、門田がニタリと口元を歪めて怜奈の恥裂に手を伸ばしてきた。

「アアッ、いやぁあぁぁン！」

怜奈は乙女の花びらを指で拡げられて、サーモンピンクの膣粘膜を露出させられた。

「そんなにたくさん塗るのは、だめぇぇっ……あぁああああーっ！」

敏感な肉穴、肉溝に軟膏の媚薬をヌルッ、ニチャッと何度も塗り込められた。

「そ、そこぉ、感じるところにっ……あぁン、もう塗らないでぇ……」

過敏な性感を有するクリトリスへは丹念に塗り込められた。塗られるだけで怜奈はキュンと感じてしまった。

亜紀は怜奈に媚薬を塗り終わると、ソファに置いていたハンドバックから何か黒い棒のようなものを出して持ってきた。

「うっふふふ」

亜紀は鼻にかかる声で歪に笑って、その黒い棒を怜奈の顔の前にかざした。

凹凸のある黒いゴムの棒に薄い黄色のハケがついていた。

門田もそれを見て「ぐふふふ」と、どす黒い笑い方をしている。

「な、何っ？　いやぁ、大人の玩具ね……」

怜奈も幼児ではない。それが何なのかはっきりとはわからないが、女を感じさせる道具だということは想像がついた。

「そうよ。女の子が啼いて悦ぶハケ付きバイブレータよ」

怜奈は得体の知れない淫具を見て、怯え眼になる。ゴムの棒の端っこにハケがついて、一本一本の先が尖っている。

バイブレータって何だろう。携帯についているのもそういう名称だったから、ブーンと音がして振動する道具だと想像できる。

亜紀がハケのほうを怜奈に向けて迫ってきた。

「やーん！」

敏感な白肌をハケでそろり、そろりと撫でられていく。平たい胸を円錐形に飛び出した乳房のほうへ向けて撫でられて、鳥肌立った。虫唾が走る思いがする。

スイッチが入れられてブーンと音を立てて振動しはじめた。

「いやぁ、それ恐いぃ」

鈍い振動音に怜奈は怖気《おぞけ》が振った。顔をしかめてのけ反ってしまう。

「怜奈ちゃん、大丈夫。すごく気持ちいいんだから」

バイブの振動で細かく震えるハケの先を小さな乳房に当てられた。

「だめぇ、しないでぇ！」

振動するハケで日焼けしていない白い幼乳の肌を膨らんだ濃桃色の乳輪までなぞり上げ、撫で回された。

発毛もまだない少女に対して大人の玩具を使うなどもってのほかである。ハケバイブなどという淫具とローティーン美少女の敏感な肌は相性がすこぶる悪かった。怜奈の微小な産毛《うぶげ》は総毛立ち、しかも媚薬が徐々に膣粘膜に効果を表しはじめていたため、二種類の異常な快感が重なってしまった。

亜紀はハケバイブをくるっと逆に持ち替えて、今度は乳房に振動するバイブ本体を当ててきた。

「ひゃあっ、やだぁぁっ！」

ビンビン振動する硬いゴム棒で柔らかい小さな房を押して凹まされ、ぐりぐり揉まれていく。乳房に強い振動が襲って怜奈は華奢な肩をすくめた。乳腺にまで響く振動の刺激で、上体をブル、ブルッと震わせている。

強い振動が乳房表面から内部まで震わせ、幼い性感帯を蝕《むしば》んでいく。怜奈は「はうっ」と息を呑んで上体を快感で萎縮させた。同時に膣粘膜の淫靡な快感に悩まされはじめた。

亜紀はバイブをまたくるっと持ち替えて、ハケの先を乳首に当ててきた。

「あン、あぁン！」

指で乳首をゆっくりつまんで乳頭をやや飛び出させておき、ハケで細かくくすぐっていく。尖った先でツンツンとつつく。快感で怜奈の乳首は凹んでいた乳頭がムクムク起きてきて、切なく尖ってしまった。

ハケバイブによる快感なんて、怜奈は経験したことがない。百四十七センチの華奢な身体がピクッ、ピクッと痙攣して止まらなくなった。

同時に、門田の舌が怜奈の敏感なうなじをナメクジのように這い上がってきた。

「だめぇぇっ、いやっ、いやぁぁぁーっ！」

肩をすくめておぞましい快感に耐える。味わいたくなくても味わわされる快感が乳首とオマ×コとうなじに襲った。

亜紀がまたバイブを乳首に当てた。さっきみたいに押し当てずに、尖った乳頭にほんの少し当たるか当たらないかくらいにして接触させてきた。

「あはっ、あぁぁぁぁーン！」

怜奈は眉をしかめて、身体をよじる。

「動くな。味わうんだ」

門田が命じる。それに従おうと思っても、身体が言うことを聞かない。くねくねと幼い肢体を悶えさせ、ビクンとのけ反ったりする。

「次は、オマ×コだ」

「ええっ、だ、だめぇーっ」

怜奈はすでに乳首の快感が秘部のお肉に響いて快感が発生していた。

（あぁ、も、もう、ヌルッとしてきちゃってる……）

恥ずかしい小穴がすでに愛液で濡れている。それがわかっていたので、ばれるのが恥ずかしかった。強制された快感であっても、濡れたら女の子の負けのような気持ちに陥っていた。

門田が少女器への玩弄を宣告すると、亜紀が早速ハケで怜奈の内腿からスーッと股間までなぞり上げてきた。

「何、これ。濡れちゃってるわよ。やらしい子ねぇ、こんな子は大股開きがお似合いよ」

亜紀はそう言うと、門田と二人でぐいぐい怜奈の脚を開かせていった。

「あああっ、開くの、い、いやぁーん」

開脚で大陰唇が開き、さらに二人の手で両側へ押し分けられた。

「ほら、小さいのが出てきた」

亜紀に何を言われたのかわかる。小陰唇のことだ。

「ぐふふ、オマ×コの穴を塞いでる……これも拡げちゃうぞぉ」

「いやぁあン！」

怜奈はかん高い啼き声を奏でたが、門田は怜奈の肉襞を人差し指の先で掻くようにして横へ拡げようとする。それだけで怜奈はビクンと反応してしまう。

「びよーん」

妙な声で言われたかと思うや、小さなラビアをつままれて引っ張られた。

「しないでっ……やめてぇ！」

「むぅ、少女なのに、スケベ汁でヌラヌラだ」

門田に襞びらをしっかりと左右に拡げられて、愛液まみれの膣肉を覗かれている。

「こっちも、びよーん」

「あぁ、やぁン、あぁあああああーっ」

小陰唇を惨く左右に引っ張られて、微動だにできなくなった。

そこへ、亜紀がバイブのハケを入れてきた。

「そこは、許してぇ！」

膣そのものにハケが侵入したからたまらない。口を閉じている膣口をハケの尖った先端でチクチク刺激された。

「ヒィイイーーッ！」

敏感な膣粘膜をハケでくすぐられ、撫でられて、居ても立ってもいられない快感がザワザワと押し寄せてきた。

怜奈は剝き出しの膣肉に異常な刺激を受けた。媚薬で昂《たかぶ》った膣は充血しきって熱く火照っているうえ、粘膜をチクチクするハケの先で撫でられて、愛液があとからあとから溢れてくる。膣から肉芽まで上下に繰り返し撫でられて「はふぅーん」と、可愛くも淫らな喘ぎ声が鼻腔を震わせた。

「わしにやらせろ」

門田が亜紀からバイブを取って、今度は黒いゴム棒のバイブで幼膣をおぞましく刺激してきた。

「やだぁぁ、か、感じるぅ！　しちゃいやっ、いやぁぁぁーっ！」

怜奈は染み込むような快感に音《ね》をあげそうになった。美膣が媚薬の効果で充血してヌラヌラ状態になって、濃いサーモンピンク色に色づいている。

「莢《さや》えんどうを剝いてみます」

亜紀の邪悪な指が包皮をくるっと上へ剝いた。

「お豆さんが出てきたわ」

「うあぁぁ」

怜奈ははっきりとクリトリスの露出を感じた。門田の持つバイブが迫ってきておののき、顔を起こして目視する。激しく振動するバイブが媚薬の効果で痼り立っていたクリトリスを直撃した。

「いやっ、やっ、あっ、ダメッ、アアアッ……」

怜奈の膣穴が快感できつく窄まり、ジュクッと愛液が絞り出されて、またポカッと口を開けた。肛門と膣口を8の字に取り巻く少女の性的な括約筋が、強制的に与えられた快感によって絞り込まれていく。

怜奈は首を振りたくって、その恥ずかしさ、情けなさ、そして心のどこかで期待していた快感を嚙みしめた。

「クゥッ、はぐぅ……アッ、アァアアアアアーッ！」

怜奈は後頭部をベッドに押しつけるまで背を弓なりにした。そのあとゆっくり身体がよじれてやや横向きになり、門田と亜紀に尖った乳首や腰回りを撫でられて、ピクン、ピクンと身体を引き攣らせた。眼つきがとろんとしてしどけなくなり、イッた余韻をしばらく味わった。

バスタオルや横にのけた大きな枕が散らばっているベッドで、ぐったりと身体を横たえていた怜奈も、やがて落ち着きを取り戻してくると、肘をついて身体を起こした。

愛液で濡れたバイブをティッシュで拭いている亜紀と眼が合って、ニコリと笑みを見せられた。

何の笑みだろう。いやらしく笑う感じではないので、かえって困惑するし、不安を感じる。門田はトイレに立ったようだ。

「やっぱり枕営業だったのね。嘘つき……」

怜奈は亜紀にぽつりと言った。

「あら、枕じゃないわよ。だって、怜奈ちゃんと門社長の自由なお遊びなんだから」

「何を言ってるの……違うわ。主役をえ、餌にして……」

「そんなこと、言った覚えはないわ。うふふ、でも、社長と仲よくなって悪いことないじゃない。結果として怜奈ちゃんの希望がかなえられるように」

「ほら、枕だわ！」

怜奈は誤魔化そうとする亜紀に怒りを感じて、声を荒げた。しかし怜奈とてそれ以上食い下がっても仕方がないような気持になっている。亜紀の言うとおり、門田社長という言わば権力者に気に入られて大いに得をすることは間違いないのだから。

それにしても、ロリコンという言葉では言い表せない邪悪な性欲の持ち主に、快感から結局抵抗できなくなった。全裸にされ、風呂でベッドで愛撫玩弄されて、狂おしい快感に翻弄された。だが同時に、怜奈は演劇の主役の座を射止めて、この世界で有名になるきっかけを摑んだという思いも持っている。

下着はパンティもブラジャーもバスルームで濡れてしまったので、ベッドの上のバスタオルを胸から巻いて身体を覆った。門田が戻ってきて、ニヤニヤしながら身体に巻いたバスタオルを取ろうとしたので、怜奈は「いやっ」と抗って激しく首を振った。門田は無理には裸にしなかった。

そうするうち、ドアチャイムが鳴って亜紀が出ると、やってきたのは真沙美と葵だった。

二人は亜紀にひそひそと何か耳打ちされてから、怜奈の前に黙って立った。にんまり笑ってベッドに座ったたままの怜奈を見下ろしている。

「枕営業するなんて、恥ずかしい子」

真沙美に蔑《さげす》まれて、言い返せない。でも、なぜ二人がここに来るのかわからない。門田社長とのことを前もって知らされていたのかもしれない。

「あなたたち、知ってたんじゃない？　こ、こんなふうに、あぁ、されるってこと……」

羞恥を嚙みしめつつ、好奇の眼差しで見てくる真沙美たちに訊いた。

「こんなふうにって大人の玩具で？　あはは、そこまでは知らなかったわ」

「そうよ。何も知らないわ……。でも、よかったじゃない、マリン役をゲットできたんだから」

真沙美と葵は無神経に軽く言ってのけた。

「ははは、まあ何だな。枕っていうのは、そういう役をもらう前にやるもんだよ。一発やらせて、見返りに主役をゲットてな感じでね。だから、怜奈ちゃんとわしはただ仲よしになって、気持ちいい関係になっただけのことさ。わっはっは！」

門田もまったく軽口を叩く感じで言ってのける。そして豪快に笑った。

また亜紀が真沙美と葵に何か耳打ちした。すると二人がベッドに上がってきて、バスタオルを取ってしまおうとする。「いやぁっ」と怜奈が必死にバスタオルを胸元で押さえるが、門田もベッドに上がって、バスタオルは剝ぎ取られてしまった。

怜奈は同性であっても、服を着ている真沙美と葵、それに亜紀に囲まれて強い羞恥を感じ、手で身体を何とか隠そうとする。門田という男の眼よりなぜかこのときは女の視線のほうが苦痛だった。

「大人っぽいプロポーションだから、バックポーズは抜群だろ？」

そう言って、怜奈に四つん這いを求めてきた。手を取られ、肩を押されて促《うなが》されると、怜奈も観念して、モデルのときにはまず取ったことのないバックポーズになった。

「うわ、キレイ……」

葵が感心して眼を丸くしている。

と、真沙美が怜奈の膣に指を挿入しようとした。

「アアッ、何するのっ！」

怜奈はお尻を振って交わそうとしたが、真沙美の細い指先がわずかだが膣口に入ってしまった。怜奈は激しく嫌悪して真沙美を睨みつけた。

「こら、やめないか」

真沙美は門田に腕を引っ掴まれて、叱られた。

「うふっ、媚薬とハケバイブで感じまくってイッちゃったから、オマ×コが膨らんじゃって穴もよーく見えるようになって、真沙美ちゃんの指すぐ入っちゃったわね」

亜紀が悪女の笑みを見せながら言う。しかしそれは怜奈も言われるとおりだとわかっている。これまで受けた少女エロスを引き出す手管《てくだ》の中で最も効果があったのがこのハケ付きバイブによる玩弄だった。

「可愛いオマ×コがよーく見えるぞぉ」

門田の声が四つん這いになった怜奈の真後ろから聞こえてきた。怜奈は羞恥の声を噛み殺している。歯を食いしばって前を睨むように見た。

「ひゃあぁあっ！」

過敏な肉唇に舌で舐められる感触が襲った。思わず背中を丸めてお尻を下げるが、門田にすぐ腰を上から押さえられてお尻も両手でグイグイ上げさせられた。

「じっとしてるんだ。お尻をバチンと叩いてお仕置きしちゃうぞ」

怜奈は脅かされて、両手の親指で割れ目を拡げられてしまった。そこを見られる羞恥に唇を嚙みしめる。

「いやぁぁ、あぁうぅっ」

敏感な膣穴をペロペロと舐められはじめた。異常な耐えられない種類の快感が少女器に襲ってきた。

肉芽をぐっと指で押してつぶされ、グニグニと揉み込まれた。

「あひぃい、だめっ、あぁあああーん」

腰がピクピクと痙攣を始めると、門田と亜紀に足首と太腿を摑まれて押さえられた。

「いやぁっ、離してぇ！」

柔らかい内腿に指が食い込んで痛い。

「ビラビラを、むふふ、つまんで引っ張るとぉ」

門田に小陰唇をつまんで引っ張られた。

「アアアッ」

左右の小陰唇がピンと鋭角な三角形に伸びて、媚肉にいたたまれないような刺激が襲った。さらに片方の襞びらを引っ張られて伸ばされ、同時に感じて尖っていた肉芽を揉みつぶされた。

「あいいっ……そ、そんなこと、しちゃいやぁぁっ！　いやぁぁぁーん！」

涙声になって晒されている股間を見ようと顔を起こした。だが、門田のにやけた顔しか見えない。

小陰唇を引っ張っておいて、敏感な肉突起を感じさせようとする。そんなやり方は快感を昂らせるだけでなく、面白そうにいじめるやり方だとわかる。それだけに怜奈の心を傷つけた。

「もっとクリトリスを感じさせてやろう」

「それ、だめぇっ」

怜奈は少女にもちゃんと備わっている陰核を恐れていた。微小な肉粒なのに、研ぎ澄まされた性感を秘めて、愛撫されたら全身が硬直するまで感じてしまう。

そこは許してほしいの……と、祈りにも似た思いになるが、少女への性的いじめが好きな門田が最大の弱点を見逃すはずがない。怜奈もそれはわかっている。

「クリが勃起してるぞぉ」

門田にいやらしく言われた。包皮から顔を出した怜奈の陰核亀頭は元の二倍ほどに膨らんでいた。

「思いきり感じてごらん、悪いようにはしないから……」

村雨と同じ言い方だわと、怜奈は男が使う決まり文句のような邪悪さを感じた。

「動くなよ……」

また恥裂を親指で左右に大きく開いておいて、おぞましい舌で膣穴から肉芽までペロペロと舐めてきた。

「あうぁあっ、やーん、やだぁぁ！」

怜奈の下半身が痙攣を起こした。ハケバイブで玩弄されイカされていても、年配の男に少女そのものを舐め回されると、オマ×コにたまらない快感が襲った。

門田は力を入れて尖らせた舌先で、怜奈の陰核亀頭を集中的に愛撫しはじめた。

「あ、ああっ、あぁああああーっ……」

柔らかい内腿がふるふると震え、一瞬腰がせり上がる。小さな恥丘がその周囲に力が入ることによってポコッと盛り上がって見えた。

邪悪な舌が怜奈の敏感な肉突起をとことんくすぐり抜く。

「ヒィィーッ……な、舐め……アハァッ……舐めないでぇ！」

怜奈は歯を食いしばったり、首を振ったりしながら訴える。

動けないようにするためか、脚を摑まれ、内腿のつけ根あたりに親指をぐっと突き立てられている。痛いので、お股を拡げたまま耐えるしかなかった。

「ふふふ、オマ×コが熱いぞ。愛液でヌルッとしてきたじゃないか」

「あぁーう」

嘆くような声を出してしまった。感じないように気持ちを逸らそうとしたりもする。そうやって快感に抗うが、快感そのものをなくすことはできない。

心でどんなに拒んでも、無理やり感じさせられていく。どんな嫌な相手でも肉芽を舌や指先で愛撫されてしまえば、快感から逃れられない。最後はイカされてしまう。それを怜奈は経験で知っていた。

「そ、そこは、だめぇぇーっ！」

門田は舌先でチロチロ、チロチロどこまでも執拗に陰湿に愛撫してきた。

「ほーら、ジュッと出てきた」

言われたのは愛液だった。門田の言葉どおり一度にジュッと多量に分泌した。

「少女でもクリトリスが勃起して、淫ら汁がこんなにたくさん出るんだな」

「あぁ……」

卑猥に表現されて、怜奈は小さな可愛い顎が上がって、細い喉を見せた。好色な大人の言葉で純真な心を穢されてしまう。淫ら汁という言葉は聞いたことがないが、愛液のいやらしい言い方なのだとわかる。

「ピン立ちのチ×チン棒が、うふふ、入ってくるわよ……」

亜紀は下品な言い方をして、眼を細めて笑った。怜奈は舐められている少女器を嫌でも意識させられた。

（いやっ、ピン立ちの……チ、チン……あぁ、恐いぃ！）

聞かされた言葉が何を意味するか、もうわかっている。犯されるということの実際の行為がわかっている。

「少女マ×コに嵌めまくり。膣が細くて短いから、入れ心地満点ですよ」

「あぁっ」

亜紀が門田に勧めると、怜奈は視線が凍りついた。濡れた膣穴に、門田の舌がヌルッと入ってきた。

怜奈は肉穴を門田にしばらく舌で愛撫されたあと、勃起した肉棒を門田が手でブルンと跳ねさせるのを見た。

背後から門田が迫ってきた。少女の小尻と比較して、巨根に等しい肉棒である。

「やぁあン、そ、それ……だめぇえっ！」

怜奈の処女宮に毒液を注入するべく、不気味な血流で根元から硬化した牡棒が肉薄してきた。

怜奈は知っている。その醜い太棒が形状から言って、無防備な処女膣に突き刺さってくることを。そして突っ込まれるだけでなく、男の熱い液汁が胎内に発射されてしまうことを……。

「いやっ、いやぁっ……初めての人は愛してる人でなきゃ、いやぁぁーっ！」

怜奈はほとんど血を吐く思いで叫んだ。

「まあ、可愛い。うふふ、でも、姦《や》られちゃいなさい。ほら、この二人だって、村雨さんと門田社長の性奴隷になっているのよ」

亜紀が言うと、真沙美と葵はしばし眼を白黒させたが、どこか汚らわしいような笑みを見せて頷いた。

「ωはビデオ業者のときから、少女を何人もバーチャルのお偉いさんに提供してたわ。うふふふ」

亜紀があっさりと言ってのけた。怜奈は嫌なものを感じて亜紀や門田の顔を見たが、二人は不敵に笑っていた。

「ふふ、まあ、この期《ご》に及んで隠す必要もないな」

門田はうそぶいて、眼を好色そうに鈍く光らせている。

「真沙美ちゃんも葵ちゃんも、元はωの子だったんだ。ビデオには出ずにわしらバーチャルへの抱かせ要員になっていた。金をもらってな。それから見返りに芸能でやっていく足がかりになることも」

「えっ？　そ、そんな……」

怜奈は頭がくらくらした。ふと思い出したのがオーディションの最終審査で二人が選ばれたとき怜奈のように大きな喜びを感じているふうには見えなかったことだ。オーディションの前から採用が決まっていたとしたら、そんな態度も頷ける。

「ω映像だったかな。質《たち》の悪いビデオ屋で、最初からそういうつもりでジュニアアイドルを使っていた」

「ω映像出版ですね。ωとバーチャルでまあ、出来レースだわね」

亜紀が平然と言ってのけた。三人のうち自分以外は最初から決まっていたのかと思うと、落ちた子はいったい何だったのかと可哀そうになった。自分も選ばれはしたものの、それまでの不安と緊張と必死の努力が虚しいような気持ちになった。

「枕だろうと、性奴隷だろうと、どうでもいいじゃない。怜奈ちゃんは主役になって芸能界でのし上がっていきなよ」

真沙美が人ごとのように割りきったことを口走った。葵もけだるいような笑みを顔に浮かべている。二人は怜奈の横から手を伸ばしてきた。細いウェストを撫でて指を少し肌に食い込ませ、くびれ腰を掴んだ。葵は乳房をやわやわと揉んできた。

「いやっ、触らないで」

怜奈は二人を心底嫌って腰をひねり、同時に門田の肉棒がヒクヒク上下動しながらお股の中心を狙って迫ってくると、門田のほうを向いてお尻をベッドにつけた。

「こらぁ、お前たち。離れろ！」

門田は真沙美と葵が邪魔をしたと思ったのか、二人を手で押しのけて怜奈の足首を掴んだ。

「ああっ、そ、そんな大きいもの、恐いぃ……。い、入れられたら、痛い！」

怜奈は恐怖と羞恥心から、取り乱してしまう。異常な状況で処女喪失が迫ってきた。まだ少女の純真さを失っていない怜奈である。幼膣は愛撫しか受けていない。門田の筋張った肉棍棒に怯えるのは無理からぬことだった。

「最初は正常位がご希望かな？　ぐふふふ……」

仰向けになった怜奈に対して、門田はしぶといような好色な顔になり、美少女の羞恥とおののきを嗤《わら》った。

門田が赤黒く膨張した肉棒を手で持ってぶらぶらさせて迫ってきた。

怜奈のそばに来て、片手を怜奈の頭の横についた。目の前に門田の武器が突きつけられている。

門田は身体を怜奈のほうに傾けて、片手で肉棒を持って乳房に亀頭を押し当ててきた。

「やぁあン」

柔らかい肉房は変形し、亀頭がそのまま滑って顔のほうへ向かってきた。玉袋がべタッと乳房に被さって、小さな尖った顎に先端がくっついている。

怜奈は視線を下へ向けて、もじゃもじゃした剛毛とプンと臭う肉棒、その赤黒い先っぽを少し寄り目になりながら視野に収めた。

門田は手で肉棒を握り直し、腰を少し前に出して怜奈の花のように愛らしい唇に先っぽをくっつけた。

「あう、ふむぅっ」

唇を少し凹まされ、固く眼を目をつぶる。門田は膝で這って怜奈の顔の横に移動した。頭を摑んでおいて、唇から頰、ツンと尖った鼻に亀頭を接触させ、擦りつけてきた。

「い、いやぁぁーん！」

おぞましく、虫唾が走る思いで怜奈は顔をしかめ、鼻にかかる哀しいような抗いの声を響かせた。

「むほほ、美少女のととのった顔は、チ×ポを擦りつけると興奮するなあ。ほーれぇ」

おぞましい言葉を聞かされ、口、鼻、耳へとプリプリ張った亀頭を擦りつけられた。

「ああっ」

唇にニチャッと何かがついて、怜奈は門田の先っぽを見た。

「むお、先走りの液が……」

門田が言うその液を見てしまった。尿道口から透明な液が出ていた。それを唇にヌルッとなすりつけられた。

「うあぁぁーん」

怜奈は性的興奮でペニスからカウパー液が出てくることは知らなかった。気色が悪くなって、手で口についたヌルヌルの液を拭《ぬぐ》った。そして門田の顔を見てイヤイヤと首を振った。

「さてと、一発やらせてもらおうか」

門田は落ち着いて言うと、何を思ったのか真沙美と葵に服を脱がせて全裸にし、ベッドの上に並ばせた。真沙美を四つん這いのバックポーズに、葵を正常位にさせた。

「怜奈ちゃん、最初は正常位でやってみようね」

ぞっとすることを言われて、仰向けになっていた怜奈は太腿をピタリと閉じた。両手は前を隠して横に並んだ真沙美たちを恐々《こわごわ》見ている。

三人仲よく並んでそれぞれセックスの体位を取らされた。怜奈は「最初は正常位で」と言われたが、さっき取らされたバックポーズにもさせられて挿入されることになると思った。

「あう、わたしからズボッとやっていって、怜奈ちゃんで抜くのぉ?」

真沙美が門田を見て、情けないような声をあげた。

「やーん、4Pなんてエロすぎるわ」

葵もちょっと身体を起こして、四つん這いになった真沙美の手を不安そうに摑んだ。

「少女と3P、4Pは久しぶりだ。正常位の怜奈ちゃんはお顔をよーく見ながらハメハメじゃ。うははは」

門田はやる気満々で相好《そうごう》を崩している。

「社長、村雨さんが怜奈ちゃんの処女はちゃんと守られていると言ってました」

亜紀がスカートを脱ぎながら門田に言った。黒網ストッキングの下から真っ赤なサテンパンティをギラつかせている。

村雨は門田のために処女を奪わなかったのだ。怜奈はようやくそれに気づいた。

(あぁ、二人と並んで、いっしょに、や、やられるなんて……いやぁっ!)

三人並べられて次々におチ×ポを挿入される。そんなやり方、想像したこともない。単におチ×ポが気持ちよくなるだけじゃなくて、女の子をわざと蔑《さげす》むようにセックスをして満足しようとする。大人の男のスケベさ、悪質さが心底憎らしかった。

亜紀が笑って見ているそばで、門田の屹立がまず真沙美にバックから勢いをつけて挿入された。

「アアアーッ!」

真沙美は腰骨を荒っぽく摑まれて、何度も繰り返し突き上げられた。太い肉棒が情け容赦なく少女の小さいお尻に向かって撃ち込まれていく。怜奈はその様子を目の当《ま》たりにして戦慄した。

「うあぁ、大人が、わたしたちみたいな、あぁ、お、女の子に……し、したらだめぇえ！」

眉をしかめ、震えながら声をあげると、門田にジロリと睨まれた。

門田はしばらく真沙美へ肉棒を抽送すると、次に葵に押し被さっていき、勃起を挿入した。葵は「ギャッ」と呻いてまんぐり返しに持っていかれ、急角度で肉棒をピストンされていった。

すぐ横で葵のオマ×コがズボ、ブチュルッと淫靡な音を立てて太い肉棍棒を呑み込まされていく。怜奈は逃げ出したくなるが、すでに亜紀がそばにいて見張っていた。今はただ、手で前を押さえて縮こまっているしかなかった。

門田が葵に飽きてズルッと肉棒を濡れ穴から抜くと、とうとう怜奈の正面に陣取った。

「ぐふふ、脚を開んだ」

「あぁ、やぁぁーん」

怜奈は観念していたが、いざ二人がやられたように、立ち漲《みなぎ》っている肉棒で処女穴を貫通されると思うと、太腿をピタリと閉じてしまった。

「怜奈ちゃん、だめだぞ。もうここまで来て、ふふ、主役から外されたくないだろう？」

卑怯にもそう言われて、怜奈ははっと息を呑んでしまう。これまで頑張って羞恥と屈辱に耐えてきたことが無駄になってしまう。それだけは避けたかった。

「あぁ、い、いやぁぁ……」

怜奈は徐々に脚を開いていった。門田の視線を痛いほど股間に受けながら、脚の間に門田が入れるほど大股開きを披露した。

「いい子だ。よーく見えてるぞぉ」

「こ、来ないでぇ」

ビクンと上下動をする門田の男の武器は、真沙美と葵の膣粘液を十二分にまとってヌラヌラ光り、陰険で凶暴な漲りを見せている。

少女を串刺しにして支配する剛棒がついに怜奈のサーモンピンクの幼膣に肉薄してきた。

「だめぇぇっ」

怜奈は襲ってくる勃起におののいて、哀願の眼差しで門田を見つめた。

だが、ニヤリと陰険な笑みで返されて、またもや内腿を摑まれて痛くされながら、股間をほぼ全開にさせられてしまった。

門田が肉棒を手で支えて、怜奈の秘口に狙いをつけた。大人の亀頭と少女の穴の比較はおぞましいほどだった。何が起こるかわからない異様さがぞっとする興奮を呼び起こす。

「ほーら、入れるぞぉ」

邪悪な宣告とともに、前からのしかかって体重をかけてきた。

亀頭がズブッと怜奈の膣口に没入した。

さらに、腰をドンと突き出された。

「ひぎゃぁあぁあああぁーっ！」

太くて硬い肉茎が、膣穴の縁にある白っぽい処女膜をグジュッと音を立てて、膣の中へと巻き込んだ。怜奈のオマ×コは一突きで仕留められて、亀頭が子宮口まで達した。

少女器の幼穴も小さな襞びらも見えなくなった。嵌《はま》った野太い肉棒の周囲が陥没している。麗《うるわ》しい少女の身に忌まわしいことが起こってしまった。

「あぎゃあぁ、痛ぁぁぁっ！」

顔が引き攣って、凄艶な表情を見せている。怜奈の視線はどこかへ飛んでしまった。

「おお、狭い！　少女のオマ×コはやっぱり小さくて、チ×ポが締めつけられる」

怜奈は背が弓なりに反って、門田のおぞましい言葉など耳に入らなかった。門田の熱く怒った肉棒が怜奈の胎内深く挿入されていった。

「もう絶対、抜けないぞぉ」

眼を見て言われ、怜奈は身体が痙攣を起こした。尻たぶがプルルンと可愛く揺れた。

「おぉ、何かビラビラしたのが……けっこうあるぞ」

門田はまだ一突きズボッと嵌めたまま動かない。ペニスの海綿体で怜奈の少女自体をじっくり味わっているようだ。

怜奈は乳首をつままれて、ぐりっとねじられた。

「あいやぁっ、い、痛いっ」

オマ×コだけでなく、幼い乳首も惨く扱われた。

門田は怜奈の乳首を何度もつまんではつぶしていく。そうしながら、肉棒をゆっくり出し入れしてきた。

「まんぐり返しじゃ。おらぁ」

両脚を抱《かか》えられて、高く上げさせられた。

「ひぃぃ、やめてぇ！」

門田が身体の上に覆い被さってくる。その状態で入っている肉棒が膣から少し引かれて出てきた。

「いひひひ」

肉棒をまたズンと、深く突っ込まれた。

「うンはぁうぐぅっ！」

怜奈は苦悶のあまり、頬に涙をキラリと光らせた。

肉棒を勢いよくズルッと引かれて、亀頭のエラで膣を掘り起こされた。怜奈がやめてと訴えるような顔をして門田を見ると、門田はニタリと笑って満足げな顔をした。

肉棒を故意に激しく突っ込んで、痛い思いをさせる。そうやって楽しもうとする大人の悪辣さ、好色さを思い知らされた。

「むおおおっ、ほれ、ほーれぇ」

門田は一気呵成《いっきかせい》に激しく肉棒を抽送してきた。ぐちゅ、ぐちゃと愛液に濡れた少女の肉襞の音が聞こえてくる。やがて、怜奈の幼膣に強い快感が起こった。

「うあぁぁ……あはぁぁン……」

泣き声混じりの喘ぎ声と身悶えで、門田を悦ばせた。

やがて、激しいピストンがピタリと止まる。

と、足首を両方とも摑まれた。

怜奈は肉棒が膣内に嵌ったまま、身体をぐるっと裏返しにされた。

「うンぁあああーっ！」

怜奈の膣壁が門田の肉棒を締めつけて、グジュルッと舐めるように擦った。怜奈は太棒を嵌められたまま、バックポーズへ持っていかれた。

膝を立てて、四つん這いのポーズを取らされた。

腰骨を摑まれたので不安になって後ろを振り返ると、門田は腰をぐっと引いて、肉棒の先っぽが怜奈のオマ×コから離れたところだった。

（狙いをつけてる！）

それがわかった。一突きで深く挿入されて泣かされたばかりだ。また同じことをされる。その恐怖が甦《よみがえ》ってきた。

真沙美と葵が怜奈の左右にいて、乳房を下からいじってくる。それも嫌だが、充血して膨張した亀頭がチョン、チョンと膣口に当たった。その感触が恐い。

硬く勃起した肉茎が再び勢いよく突き出された。

「ふぎゃあぁあああっ！　そ、そんなふうに……うンあうぅっ……ひどくしないでぇ！」

ぶっくり大きく膨らんだ亀頭がズニュルッと狭い膣道を突き進んで、子宮口に衝突するのを感じた。膣の行き止まりをさらに奥へと押し上げる力を感じている。そのとき怜奈は、大人のペニスで膣も子宮も卵巣も一度に支配される感覚を味わった。

門田は肉棒を激しく打ち込んできた。

（うわぁン、ち、膣がぁ……）

怜奈にとってはおぞましいほど太い肉棒で、膣壁を押し分けられてしまう。硬く張った亀頭が子宮口を繰り返し叩いて、つぶしてきた。

怜奈は手に拳をつくって、膣肉を裂かれる痛みと性感帯をグリグリ刺激される快感に耐えている。剛棒はヌラリと光って、出たり入ったりを繰り返した。

肉棒を抽送される怜奈のオマ×コは間近から真沙美と葵に見られている。二人はすでに亜紀からバスタオルを与えられて身体に巻いていた。

「わぁ、すごーい」

「太いのが、ズボッとね」

「だめぇぇぇーっ！」

処女喪失の有様をたとえ同性でも見られたくはない。怜奈は声を絞り出してわなないた。だが、悲鳴を奏で悶えても逃れられない。

「うふふ、ぶっとい物で膣内《なか》がいっぱいなんでしょう？」

真沙美に無遠慮に聞かれた。今、真沙美の言うとおり、門田の肉棒による膣の膨満感に身悶えている。

「たっぷり射精しそうな大きな×玉だから、怜奈ちゃんのような少女には量が多すぎて、お穴から溢れてくるわよ」

亜紀の言葉で怜奈はにわかに狼狽した。ズボズボと肉棒を抽送される衝撃に悩乱して、射精のことまでは想像していなかった。

やがて、門田は怜奈から肉棒をズルッと抜くと、何を思ったのかベッドに仰向けに寝た。

「さあ、ここに跨るんだ」

寝そべった門田が、自分の腰のところを指差して促してきた。

「えっ、でもぉ……」

怜奈は躊躇した。言われたとおりにすると、ビンビンに立っている剛棒の真上にお股が位置することになる。

怜奈は騎乗位を取らされようとしていた。それがどのような肉棒の嵌り方、抽送のされ方になるのか、まだわからなかった。

「さあ、早くしろ」

門田に急《せ》かされた。

「うふふ……」

亜紀が眼を細めて笑いながら、怜奈の腰に手を回してきた。

「だめぇ！　そんなことさせないでぇ」

怜奈は顔をしかめて抵抗しようとするが、もう言葉だけの抵抗だった。亜紀に抱えられて門田の腰の上に跨《また》がらされた。

「いやぁっ」

怜奈の幼膣の真下に、門田の長大な肉棒が聳え立っている。

それを見る怜奈の眼差しが凍える。

「うわ、騎乗位っ」

真沙美が眼を瞠《みは》って見ている。

「体重でズボッと……。うふふっ」

葵も興味津々の眼で見守る。

すでに犯され、愛液が溢れたばかりだったが、それでも自分の眼ではっきり見える勃起ペニスに向かって、自ら少女の秘部を落としていくのは恐かった。

だが、亜紀の手で導かれて、観念する気持ちにもなっている。自分の意志によって桃尻を沈下させていこうとしていた。

「あっ、あぁあああっ……」

再びプリプリ張った亀頭の感触を膣で感じた。

（入っちゃう！）

媚薬で快感が高まって、膣穴はカッと熱く火照り、愛の粘汁で肉棒がヌルリと滑る。

「あはぁうぅン！」

門田の亀頭は膣口よりはるかに大きな直径なのに、ズニュルッと、難なく没入を果たした。それほど愛液の滑りはよかったのかもしれない。処女膜もすでに破れているのである。

怜奈は抗う気持ちを失いつつあった。恐々腰を沈めていく。

「うンあぁぐぅぅぅーっ！」

怜奈の体重で十五、六センチはありそうな門田の肉棒が幼膣へ半ばまで収まった。

（あうぁぁ、これ以上はいやぁっ、深すぎるぅ！）

怜奈は顔をしかめ、完全に腰を落とす直前で踏ん張った。

「だめよ」

門田の肉棒が怜奈の中に入りきらないのを見た亜紀が、横から怜奈の腰を掴んで無理やり下降させた。

「ダメェッ、入るぅ……うンあぁあああぁーっ！」

肉棒の根元まで肉棒が収まった。

「強烈ぅ」

葵が手で口を押えて怜奈の騎乗位挿入を見ている。

「あっはっは。ズッコン嵌ったじゃない」

亜紀の笑いは怜奈を泣かせた。真沙美も顔を近づけて結合部を見ている。怜奈は見られたくないが、今はそれどころではない。膣底がグイッと腹膜のほうへ押し上げられていた。

「おお、行き止まりがわかる。子宮もだ。チ×ポの先っぽが締めつけられるような……おうぅっ……すごいぞ！」

「少女の奥のほう、そんなに気持ちいいですか？」

「うむ、全体的に狭くて、チ×ポが自然に締めつけられるのが最高だ」

「まあ」

亜紀は眼を丸くして怜奈の拡げられた膣口を手で触った。

「それに……おうっ……先っぽに、子宮かな？　当たって、むおおっ、キュンと来たぞ」

「あいやぁっ……し、な、い、でぇ……だめぇぇぇーっ！」

怜奈は小さな顎がクッと上がり、上を向いてしまう。口が半開きになって、喘ぐ表情も少女らしくなくいエロスを魅せている。

白肌のセクシーな背中が弓なりになっていく。

亜紀が言うように、肉棒がほぼ完全に挿入されているため、ペニス先端部のプリプリ張った亀頭が子宮口をさらに奥へ押し込むように圧迫していた。

そのおぞましい挿入感を怜奈は涙をこらえながら味わっていく。

「怜奈ちゃん……ぐふふ、腰を上下に動かすんだ」

気持ちの悪い声で求められて、怜奈は鳥肌立ちながら、無言でブルッと首を振った。

「自分でズコズコ出し入れしてごらん」

また猥褻に求められ、口を真一文字に結んで首を振った。

亜紀に再び腰を掴まれて、上昇させられた。怜奈は腰を上げたまま動かない。腰を落としたら、ズボッと硬いお肉の棒が嵌ってくる。

「ほらぁ」

門田が下から肉棒を突き上げてきた。

「うンひぃっ！」

怜奈は門田に下から突き上げられるとは思っていなかった。膣の底までぐちゃっと太棒が没入した。

「あうーっ」

腰を下降させてしゃがんだ状態になりつつも、少し腰を上げて亀頭を後退させ、子宮が圧迫される感覚を軽くした。

「さあさあ、騎乗位でセックスするのよ」

亜紀が中指を怜奈のお尻の穴に入れてきた。

「ああっ、お、お尻の……だめぇぇーっ！」

指を入れられたおぞましい感触に悲鳴をあげる。膣に肉棒を入れられた状態で、肛門に指を突っ込まれてしまった。

お尻の中で、亜紀の指が鉤《かぎ》形に曲げられた。

「アアアッ！」

曲げた指で肛門を引っかけて、上へグッと引っ張り上げられた。

怜奈はじっとしていられず、お尻を上げてしまう。

「自分でちゃんとやらないと、こんなふうにされるのよ」

「わ、わかりましたぁ……」

どうあがいても騎乗位という体位で、大人の太いペニスをオマ×コで出し入れさせられる。

もう諦めて言うとおりにしなくてはならないのかと、気が挫けてくる。おずおずと腰を上下動させはじめた。

すると当然のことながら、門田の漲る肉棒が怜奈の肉筒でズボッ、ズルッと出たり入ったりしていく。

「はうぅ……アアッ……膣《なか》に来るっ……いやぁぁーっ！」

自分で腰の上下動を繰り返していながら、悶えつつ悲鳴をあげる。細くて狭い幼膣で太棒を締めつけて、海綿体と筋張った肉茎の摩擦を味わっていく。

「処女喪失で騎乗位って珍しいかもね。でも、深く入ってくるでしょう？　社長さんが言ってた行き止まりまで、こうでしょ。うふふっ」

亜紀は怜奈の顔の前で、指二本真っすぐ立てて、上へ突き上げる真似をして見せた。

（あぁ、き、騎乗位なんて嫌いっ。自分で動くのいやぁ……）

怜奈は涙目になって、声は出さずに口の形だけいやぁと言うような表情になった。

怜奈は亜紀の指による肛門の引っ張り上げと門田の肉棒の突き上げで、肛門と膣口と子宮口を嫌というほど意識させられながら、丸い桃尻の上下動を繰り返した。

亜紀の言うとおり、膣奥までズブズブと硬化した肉棒が嵌り込んでくる。

門田の肉茎が怜奈の胎内に根元まで収まったとき、膣の奥底と子宮が上へと押し上げられてつぶされていた。

「一番奥までは……あああっ、許してぇぇ」

怜奈は子宮を圧迫されて、その位置が少し変わるのを感じた。

許しを請うが、腰を沈める動きが鈍ったため、亜紀に意地悪く腰骨を掴まれて、グイと下降させられた。

その様子を真沙美と葵に見られながら、怜奈は小さな顎が完全に上がってしまった。

ぐっと歯を食いしばった。

「イ、イグ……イッ、クゥ……」

怜奈は再びイキかけた。

邪悪な亀頭の肉塊がおへその位置まで膣底を押し上げて、ビクンと脈打った。

(いやぁっ、射精されるぅ……)

怜奈は少女の本能で不穏なものを察知した。

「むうっ、出そうだ！」

門田が淀んだ声で言うと、亜紀が「さあ」と怜奈の身体を再び上下動させようとした。

だが、怜奈は脚に力が入らず、動けない。亜紀によって怜奈は少し腰を上げた状態にさせられた。

「むおお、いくぞ！」

門田が下から怜奈を激しく突き上げはじめた。

「ふンあぁうっ、しないでぇ！」

門田も重力に逆らって、肉棒を突き上げるのは疲れるらしく、顔をしかめて必死に行っていく。

怜奈は下からドン、ドンと十数回突かれた。

「すごーい」

真沙美が眼を瞠って見ている。

「ズボズボね」

葵も接合部に顔を近づけてきた。

「うぐむおっ……おうあっ！」

おぞましい呻き声が響いた。

怜奈は少女胎の最奥に、熱いドロドロした液汁が飛び出してくるのを感じた。

「アアーッ！」

門田の亀頭が膣底に達して、ドピュピュッと、吐精した。

「うぐむぅっ……」

真沙美が射精する肉棒をまじまじと見ている。

「出たみたいよ」

葵に言うと、葵も怜奈のオマ×コと顔を交互に見た。

ズルッと肉棒が下降して出てきて、またズンと突き上げて挿入する。

怜奈の脳天まで突きの衝撃が走った。

「はうあっ！」

そのとき、子宮口にビジュッ、ドビュルッと精汁がかかってきた。

「だめぇ、熱いのがぁ！」

処女膜裂傷の次に、初体験の中出し射精である。

ドビュッ、ドピュルッ、ドビュビュビュッ……。

門田が眼を剝く不気味な形相で、チ×ポの邪悪棒を下から突き上げては、かまわずレイプの射精を連続させた。

真沙美と葵が怜奈の乳房に手を伸ばしてきた。怜奈は肩まで快感で痺れているときに、左右の乳首を同時につまみ上げられて、ビクンと全身に反応した。

「おチ×ポの注射器でピュッと飛ばして出されたのね。うふふ」

亜紀が揶揄して言う。

門田は最後に無上の快楽を貪《むさぼ》る満悦顔を見せて、ギューッと怜奈の股間に肉棒の基底部を押しつけるまで挿入してきた。「うぐむっ」と呻いたが、そのとき肛門を締めたようで、怜奈は子宮に濁液をジュッと絞って出されるのを感じた。

最後のとどめのような残り汁の射精であった。

怜奈は固く眼を閉じて中出し射精を味わい、身悶えながら堕ちていった。

第五章　電マ＆浣腸拷問

　村雨から聞かされていたとおり二週間経って、配役の発表の日を迎えた。

　怜奈、真沙美、葵が村雨の前で静かに発表を待っている。村雨の後ろに団員たちが並んで控えていた。

「真沙美ちゃん、葵ちゃん、怜奈ちゃん、三人ともこれまで厳しい稽古に耐えて、よく頑張ってきました」

　村雨は三人の顔を一人ずつ見て褒めると、ひと呼吸置いた。

「戦隊美少女・マリンの配役が最終決定いたしました」

　またひと呼吸置いて、三人の顔を見た。怜奈は配役決定のこの日、結局身体だけ弄《もてあそ》ばれて騙されるのではないかと、戦々恐々としていた。ちょっと勿体つけるように黙って顔を見渡してくるような村雨に疑念を抱いている。

「発表いたします。マリン役は小谷怜奈、ほのか役は須山葵、蓮華役は新倉真沙美……」

発表がなされ、怜奈が主役のマリンに決定した。団員たちが拍手している。ほかに魔界皇帝オドロなどの配役が発表されていった。

怜奈はぽろぽろと涙が頬を伝った。

「怜奈ちゃん、マリン役おめでとう」

真沙美と葵が笑顔で怜奈を囲んだ。

「ありがとう、真沙美ちゃん。ありがとう、葵ちゃん……」

怜奈も涙声で応えた。

「いろいろあったけど、よかったね。本当にいろいろなことがあったね。うふっ」

真沙美が耳元で囁いた。手が怜奈の丸々としたお尻に当たっている。スリスリと撫でてきた。

「本当によかったわね、怜奈ちゃん。真沙美ちゃんも葵ちゃんも、ピッタリの配役だと思うわ」

団員たちの端にいた亜紀がやってきて手を広げ、三人を抱くようにして言った。真沙美と同じように、怜奈のお尻を撫でて尻溝にちょっと指を入れた。

「さあ、配役が決まったことだし、今日からその役で本格的な稽古だよ。もっと厳しくなるから、覚悟してね」

「はい。よろしくお願いします！」

怜奈は真沙美たちとともに明るい大きな声で応えた。

怜奈はマリンのコスチュームを渡されると、ときめくような気持ちになって更衣室で着替えた。光沢のあるブルーで、マリンすなわち海の色を表している。マリンブルーである。銀のストライプが肩から脇腹まで綺麗な曲線を描いてあしらわれていた。ストライプは波の飛沫を表すのだという。下はマイクロミニスカートだったが、ショーツがなかった。疑似ショーツのコスチュームがあるはずだが、渡されていなかった。

「ボトムはコスチュームではないんですか？」

更衣室から出ると、すぐ村雨に訊《き》いてみた。

「本番ではもちろんコスだけど、一枚しかなくて、洗濯してると色褪せするかもしれないんだ。上はもう一枚用意されてるからいいんだけど」

「は、はい……」

怜奈はそう言われると、納得するしかなかった。でもやっぱり故意にそうされているような気がしてくる。これまでもそうだったが、女の子の生パンチラをいくらでも見て楽しめるのだ。

稽古は激しい格闘から、やがてマリンが捕らえられて大きな拘束台で自由を奪われるシーンになった。怜奈は台についている手枷に両手を万歳させられて拘束された。それだけでけっこう恐いのに、さらに両脚を九十度以上開脚させられて足枷で拘束された。

「ああン……」

声は自然に出てしまった。怜奈が恐れていたパンツ丸見えのシーンである。

今日穿いてきたショーツも白だった。でもモデルの怜奈はダサい木綿の女児ショーツはいっさい持っていない。薄手のジュニアショーツだってコットンは持っていなくて、ポリエステルの大人っぽいものがほとんどだ。今日も恥丘のやや上あたりがレースの花柄になったセミビキニだった。

（あぁ、わたしもう、見られてもいい……。本番もパンチラいっぱいなの知ってるもん。でも、パンチラ、パンチラって安っぽく言ってほしくない。美、美少女の……上質なエロスを見せる演技なんだから！）

怜奈は村雨が言った上質な少女エロスという言葉をある意味逆手《さかて》に取るような気持ちになって、超ミニパンチラのセックスアピールにプライドを持とうと思った。そして観客を魅了しようと決意した。

手枷と足枷は革製で、痛くないように軽く巻かれているだけだが、これまでのことがあるから恐くなってくる。

両手を斜め上へ伸ばして固定されると、背中の肩甲骨あたりが拘束台にくっついて少し痛いし、腰のところが自然に浮いて空間ができた。腰が反っているため、尾骨が台に当たってそこも痛かった。

全身ほとんどピンクのコスチュームを着た葵と紫のチャイナミニドレス姿の真沙美がマリンを助けようとして軍団と闘う。だが、なかなかマリンに近づけないもどかしい状況になる。悪の軍団にいいようにされるシーンである。

「スーパーマリンエナジーを無効にする暗号を教えろ」

「誰が教えるものか。手枷を外せ。化け物ぉ！」

オドロとマリンのやり取りである。

「白状させてやる。ぐふふ、おへそにオドロビームじゃ」

大きな責め棒の先端をピカッと光らせて、怜奈の露出している下腹に当ててきた。おへそと言ったがそこよりもっと下の恥骨の出っ張りに近いところだった。

「あぁーっ」

怜奈は演技の中に少し本心も混ざって身体をよじった。光を出す責め棒の先端は熱もある程度持っていた。

「むふふ、そーれ」

責め棒を回して怜奈のおへその下にぐりぐりと押し当ててくる。やや熱い光源のある先端が怜奈のすべすべした柔らかい下腹を凹ませた。

「いやぁぁ、ほのかぁ、蓮華ぇ、助けてぇ！」

マリンが助けを求めて叫んだ。

「だめだ、声に色気がない。身体の悶え方も足りない。やり直し！」

「は、はい」

怜奈の印象では村雨はスケベなだけに見えたが、演技へのこだわりは並ではなかった。腰をこうひねってとか、顔の表情も自分でやって見せてまで怜奈に演技をつけてきた。

「観客のオタクのチ×ポをビンビンに立てるんだ」

村雨がいやらしく命じて煽る。みんなの前でそんなこと言わなくてもと、怜奈は赤面する。真沙美と葵のニヤリと笑う姿が見えた。

「少女が一生懸命にパフォーマンスする姿は可愛いし、微笑ましいが、そんな少女に大人の女のセクシーさやエロスを見ようとする男たちがいる。そういう眼で見てはいけないのが少女だから、あえてエッチな眼で見ることで変態的な悪の気分になれて、興奮できるんだ。君たちもそういう男がたくさんいることは知ってるはずだよ。その需要にちゃんと応えるんだぞ」

「は、はい」

あけすけに男の欲望を披歴されて、それに従えと言われた。

「大股開きなんか気にするな。ぐっと腰を上げて浮かせて、あぁーんだ」

怜奈は必死に腰に力を入れて、拘束された台から浮かせた。責め棒で快感に近い拷問を受け、鼻腔に響く喘ぎ声のような悲鳴をあげていく。

「口をOの字にして。男のチ×ポをしゃぶるようなお口の形で、あぁーん、ああおーんだ！」

「そんなこと、は、恥ずかしいですぅ」

「馬鹿野郎、恥ずかしいなんて言葉は戦隊美少女にはないんだ。マリンになりきれ。もう一回！」

「わ、わかりました ぁ……あぁ、ああおぉーん」

怜奈は口をポカァとOの字に開けて、眼も虚ろな表情で喘ぐような呻き声をあげた。

団員の「おおー」というどよめきが聞こえた。

「いや、まだまだだ。おい、電マを持ってこい」

怜奈ははっとなって隣の部屋に行った団員を眼で追った。今、「電マ」と村雨は言った。電マって、確か電動マッサージ器のこと。怜奈はそんなもので何をするというのか、急に不安になった。

「電マでするのぉ？」

葵が真沙美と顔を見合わせた。

「ブイーンって、女の子のあそこを電動マッサージ……いや、電動拷問。うふっ」

真沙美は期待感を顔に浮かべている。

まもなく団員が電マを持って戻ってきた。

村雨は団員に責め棒の代わりに電マを持たせて、怜奈の恥丘の少し上に当てさせた。

ブーンと音がして振動もかなり強くして当てられると、恥骨にまで響いてきた。怜奈はその状態で、パカッと開いた股間が衆目に晒されながら、悲鳴をあげさせられた。

「あぁおおーん　あうあぁん、あぁあおおーん！」

自分でもおかしいと思いながら、村雨の指示どおりに快感で蕩けていくような顔をした。男のおチ×ポを意識してそれをパクッと咥える気持ちで口の形をつくり、恥ずかしい声を何度も披露した。

そして、怜奈は丸見えになっている純白のショーツに、わずかだが愛液が染みていくのを感じた。

「うーん？　感じてきたな……」

村雨の眼つきが変わって電マのパワーを上げた。ゆっくりと大股開きの最も危険な中心部に近づけてくる。

「ああっ、そこにぃ？　どうしてぇ？」

電マが接近してきたのはショーツのちょっと複雑な膨らみの部分である。大きな丸い電マの先端部は少女の襞と突起と小穴全体を覆いそうだ。

肉芽の形はうっすらとショーツの表面に表れている。そのすぐ下にそっと触れてきた。

「アアアアッ」

ビビッと電気が流れるように快感が襲ってきた。電マの一部が肉芽に当たっていた。ガクガクッと怜奈の腰が痙攣的に揺れて、電マを避けようとして足でちょっと踏ん張って、お尻をひょいと上げた。だが、逃げられるはずもなく、肉芽から左右の花びらをなぞりながら少女の泉が湧き出る肉穴まで愛撫された。

「あぁああぁーん！　そ、そこぉ……す、するのは、ああっ、軍団の演技にはないわ。あぁあうっ」

また腰をぐっと上げていって、台からお尻を浮かせた。お股が逃げるのを当然村雨は追ってきて、怜奈は膣からクリトリスまで一度に当たるようにして電マを押しつけられた。

「はンあぁうっ、したら……あぐっ、だめぇぇぇーっ！　ひぐぅぅぅぅっ！」

お尻は台から宙に浮いたまま、大股開きの内腿は筋張っていく。お尻の筋肉もギュッと締まってきた。そして、怜奈は後頭部が台にくっつくまでつらいほど背をのけ反らせた。細い首をひっくり返った亀が起き上がろうとするときのようにぐっと伸ばして、ゴクッと嚥下《えんげ》の音を立てた。

「スーパーマリンエナジーの暗号は？　ははははは」

兵士役の団員がほとんどからかい半分に訊いてきた。

「暗号はぁ？」

村雨もニヤニヤしながら、電マを怜奈のオマ×コに当てつづけた。

「あーうっ……はぁああぁっ……くっ、くはぁあうーっ！」

お尻が台にすとんと落ちたが、踏ん張ってまた腰の位置を上げた。そうやって快感に抗《あらが》うが、どうにもならない。

　怜奈は必死の形相になって、村雨を睨む。

「だめっ、あうぅーっ！　あうン、クッ、はぁあううううぅーっ！」

　またお尻が落ちて、ドンと台に当たった。

「イッたようですよ」

　亜紀が村雨に言うと、電マを怜奈の股間から離した。

「あっ、めちゃ濡れてる」

「ほんと、怜奈ちゃん、濡れ方がすごいのね」

　真沙美と葵が自分の役柄など関係なく、興味を示してきた。団員の陰から覗いて見ていたが、亜紀に肩を押されて怜奈のそばに来た。真沙美はちょっと亜紀の顔色を窺って、手を伸ばして怜奈の濡れたショーツに触れた。

「やぁン、触らないでっ、嫌だぁ！」

　真沙美たちとはすでに門田によって性の慰み者にされた仲だったが、同年齢の子に平気で触られるのは男にやられる以上に抵抗感があった。

　葵も触ってきて、ちょうど膣口の一番じっとりと湿っているところを指先で押された。

「しないでったら！」

ほとんど涙声になって嫌悪すると、ようやく二人は手を引いて怜奈から少し離れた。

怜奈は性拷問に近いシーンの稽古が終わっても、手枷と足枷でまだ拘束されたままにされていた。数名の軍団兵士、真沙美と葵、亜紀に囲まれている。

演劇の稽古に名を借りたエロ責めはまだ続きそうな気配だ。怜奈はそれを如実《にょじつ》に感じている。

「もうすぐ、門田社長がお見えになります。稽古を見学に……といいますか、参加といいますか。うふっ」

亜紀の言葉を聞いて怜奈はみるみる顔色が変わった。門田の剛棒によって処女膜は破られ、騎乗位で幼膣の最奥まで蹂躙された。

「あぁ、恐いぃ……また、さ、されるぅ」

「え？ 何をされるの……」

怜奈が怯えると、亜紀がすかさず訊いた。

「こ、恐いこと……」

「だから、何を？ 言ってごらんなさい」

「やーん、言えないっ」

怜奈は門田と亜紀にされた数々の卑猥な行為と処女喪失の痛みを思い出した。

「オマ×コされて、中出し射精でしょ」

「だめぇーっ」

ズバリ言われて、眉間に皺を寄せて叫んだ。

「怜奈ちゃんは枕営業して、自分から門田社長に跨《また》がって騎乗位でイキまくった子です」

「はっはっは、そうだったのか。悪い子だ。それなら、少々エッチなことはいけるだろう」

村雨はそばに立って見下ろしていたが、拘束台の横にしゃがんで怜奈の股間に手を入れてきた。指でおいでおいでをするようにしてショーツの上からスジを撫でた。

怜奈は足枷で開脚させられたまま、腰をひねろうとしたが、なす術《すべ》なくしばらくお股にイタズラされていた。

「あぁう、もう次のシーンの稽古でしょう？　手枷と足枷を外してぇ……」

怜奈は村雨に求めた。村雨は応えずに団員の獣人兵士に何か耳打ちした。

「うおお、まだ吐かないかぁ」

黙って立っていただけなのに、急にどす黒い声でそう叫ぶと、薄いコスチュームに形がはっきり浮いた怜奈の小乳を無造作に摑んできた。

「ああっ、何するのぉ！」

野兎を鷹が鉤爪《かぎづめ》で捕えるように、柔らかい双乳を両手でムギュッと摑まれた。握られた乳房は円錐形が扁平になるまでつぶれた。

怜奈はもがくが、前にもやられたように小ぶりの乳房は数回指でつまんで揉まれた。

「さっきはまあ、電マという武器を使ったが、演劇ではもちろん使わない。使うのは手だ。指だな。もう一度自然にマリンちゃんを拷問してみよう」

村雨はあっさりと拷問を宣告してきた。

「ええっ、拷問？　やーん、女の子に恐い人たちが拷問するのぉ？」

怜奈は拷問という言葉に狼狽《うろた》えている。拷問といっても痛くするのが目的でないことはわかっている。だが言葉そのものの響きが少女の心を不安にさせる。女の子の最も秘められた部分、敏感そのものの粘膜に何かが刺さってくるような気がするのだ。

「手と指で……さあ、マリンちゃん、覚悟だよ」

村雨が別の兵士に目配せして促した。

その男は怜奈の前にしゃがんで、何も言わずに股間でピンと張ったショーツに手を伸ばしてきた。

「いやぁ」

指一本伸ばして触ろうとするので、太腿を寄せて防ごうとしながら、腰も強くひねった。

「包皮の莢《さや》がけっこう長いんだね」

男はそう言って、指でクリトリス包皮を上からゆっくりなぞって、すでにショーツの表面にツンとなって形を表していた肉芽をドアチャイムを押すようにプッシュした。

「アアアッ」

怜奈は狼狽して顔を起こし、団員を見てやめてと言うように首を振った。だが、男はやめようとしない。敏感な肉突起は男の指で小さな円を描いてグニグニと揉まれていく。

「ひいっ、い、いやぁぁあっ！」

ショーツの生地越しにだが、感じすぎる肉芽を忙《せわ》しなく摩擦されて怜奈は快感に巻き込まれた。

膣口も指の腹をそっと当てられて、ゆっくり円を描くように擦られて愛撫されていく。快感で可愛い小さな顎がガクガクと痙攣した。

「そ、そこばかり、しないでぇ！」

化繊の生地を通してだが、陰核亀頭を指で擦りつづけられて刺激されると、怜奈は華奢な肩にゾクゾクッと快感が走って震えた。

「足枷は取ってやろう」

村雨が軍団の兵士に言って怜奈の足枷を外させた。怜奈は少しは楽になるような気がしたが、そうではなかった。村雨はすぐショーツに手をかけてきた。

「やぁぁぁーん」

腰骨のところに食い込んでいたゴムに指をかけられて、ショーツをあっという間にずり下ろされてしまった。足枷を外したのはパンティを引っ剝がすためだった。

怜奈は腿をピタリと閉じて腰を強くひねった。

「大股開きにさせて」

団員に命じた。

「やだぁぁ、マリンの演技にこんなこと全然ないわ！」

言っても無駄だとわかってはいるが、どうしても抗いの声をあげてしまう。脂下《やに》がったような顔をした男たちに、両側からグイグイ可愛い脚を引っ張られた。少女にとって裸のお股を披露する羞恥に慣れるなどということはない。「ヒィッ」と恥辱の声を絞り出して、鋭く顔を背けた。

「まあ、可愛いワレメちゃんがこんなに開いちゃって」

亜紀がことさら怜奈を辱めるように声に出して言った。その声に触発されるように団員の男たちが怜奈の股間を覗き込んだ。

「だ、だ、だめぇぇっ……見ちゃいやぁあっ！」

羞恥の叫びが小さな口から迸《ほとばし》り出た。男たちの視線が大股開きのまさに少女のど真ん中に集中している。真沙美と葵にもまんじりともせず秘部を凝視されていた。

不潔感がまったくない肌色の大陰唇の間から、充血して膨らんだ小陰唇が顔を覗かせている。その襞びらを村雨につままれて、指をこすり合わせる要領で揉まれた。

「あぁうっ」

赤っぽいラビアは膨らんで皺がなくなっている。ぐにゅぐにゅと指で揉まれて裏側など感じてくる。やがて怜奈が恐れていたとおりびらっと左右にめくるように引っ張って伸ばされた。そうなるとサーモンピンクの膣が膣口もおしっこの穴も周辺の粘膜も露《あらわ》になった。

「あぁぁ、そうやって……む、剝き出しにぃ……だ、だめぇぇっ……」

もう大人が少女をいやらしくイタズラして楽しむやり方はわかっていた。女の子の複雑な恥肉を見られながら、つまんだり引っ張ったりしていじられ、感じさせられていく。

敏感そのものの肉芽に舌が伸びてきた。

「ハァアンッ……そこっ、アーッ、いやぁぁーっ」

すでに感じて勃起していたクリトリスを舌先で舐め転がされた。怜奈の下半身がくねくね踊りだした。

さらに、ずっと引っ張られて伸ばされている小陰唇の裏側をネロネロ、ネチョッと舌で舐められていく。

「ひぃンッ、感じちゃうーっ」

どうしても快感から逃れられず、膣穴も尻穴も締まってくる。刺激に弱い膣粘膜を、ジュジュッと口で吸われてしまった。

「あぁ、やぁぁぁーん！」

怜奈は腰から下に力が入って足先までピンと伸びきった。その力が抜けて腰がガクッと落ちたが、快感でのけ反って後頭部を台に押しつける格好になった。頭で身体を支え、またつま先がピンと伸びて華奢で柔軟な身体が硬直した。

「くうぅっ……あうっ……」

村雨の唾液で光る膣穴が、ポッカリとその穴の直径を拡げている。感じさせられて、お尻の穴まで盛り上がって開口した。

クリトリス快感がキューンと頂点へと高まっていく。

「イグゥ、はうぅぅぅーっ！」

下腹が上下に波打って、膣口が閉じたり開いたりを繰り返した。身体全体にビクン、ビクンと痙攣を起こした。怜奈が脚を曲げると、団員も力を入れてそのスレンダーな脚を押さえようとした。

怜奈は絶頂の恍惚状態に陥っていく。絶対人に見られたくない感じまくる姿なのに、それを大勢で見られてしまった。

（あぁっ、も、もうだめぇぇ、イクゥ！）

膣口から内部まで舌でえぐられ、陰核亀頭も舌先で舐め転がされた。

「あぁーん、舐めるの、やぁン！　いやぁっ、はぁぁあああうぅーっ！　イク、イグゥゥッ、あうあぁああぁあーっ！」

怜奈は性感が脳天まで突き抜けた。膣穴からジュルッと愛液を垂れ漏らした。

それを見ていた亜紀が、尖った乳首を意地悪くつまみ上げた。

「イ、イクイク、あぁう、イクッ、イクゥゥゥーッ！」

怜奈は白いしなやかな身体を右に左に大きくくねり悶えさせた。

怜奈は初めてはっきりイクと口走って絶頂に達した。ごくまれにやるオナニーでは思いきりイクと言っていたが、人前で言ったことはない。愛撫玩弄してくる男たちの前でとうとうその言葉を口にしてしまった。怜奈は後悔の念と羞恥心で顔は紅潮し、涙目になって、快感の余韻にまどろむ余裕はなかった。

しばらくして、稽古場を出て姿が見えなかった亜紀が戻ってきた。

怜奈は拘束台から下ろされて床にうずくまっていた。怜奈の前に亜紀が立った。亜紀は細長い箱を持っていた。怜奈は不穏なものを感じて身体を起こし、横座りになった。

亜紀が持ってきた箱が気になって仕方がない。また何かの大人の玩具だろうか。よからぬことを企《たくら》んでいるようだ。

怜奈と眼が合った亜紀が「うふっ」と妙な笑い方をして、その箱を怜奈の顔の前に持ってきた。箱にはディスポーザブルと書かれてあった。

「浣腸器よ」

ニタリと笑って言った亜紀の眼には、不気味な光が点じられていた。

「えーっ、何？」

怜奈はまだよくわからない。浣腸器で何をするというのだろう。すぐにイメージできなかった。

亜紀が箱を開けて取り出したのは、楕円形の柔らかい透明な容器に十センチくらいの細長いノズルがついた携帯用の浣腸器だった。容器の中はグリセリン液で満たされている。

「浣腸するわよ」

亜紀はさらりと言ってのけた。

「えっ？」

怜奈はまだ何を言われているのかわからなかった。浣腸なんてできるわけがないと、そんな気がしている。浣腸ってウンチをさせるためのものだから、そんなことをする意味がまったくわからない。

亜紀がその浣腸器を持って、怜奈のそばにしゃがんだ。

「い、いやぁっ……」

亜紀が手にしている浣腸器を、怜奈は戦々恐々とした眼差しで見つめている。そんな浣腸を恐がる怜奈を、真沙美と葵は顔に笑みさえ浮かべて見ていた。

「さあ、今から囚われの身になったマリンに浣腸のお仕置きよ」

亜紀が楽しげに宣告した。

「白状しないマリンを浣腸拷問してしゃべらせる展開だ。おい、怜奈ちゃんを四つん這いにさせて手枷と足枷で拘束するんだ！」

村雨が言うと、団員たちが怜奈に殺到した。

「い、いやぁ！　浣腸なんてだめぇーっ！」

怜奈は浣腸をようやく現実のこととして認識した。亜紀が手にしているディスポーザブル浣腸器に顔を引き攣らせている。拷問がまさか浣腸になるなんて、夢想だにしていなかった。

怜奈は百四十七センチのか弱い身体をくねらせて抵抗するが、大人に寄ってたかって押さえつけられたらひとたまりもない。あっという間に手枷と足枷をされて台の上に四つん這いで拘束されてしまった。

「バーチャルの門田社長がお見えになりました」

団員の一人がやってきて村雨に告げた。まもなく門田が「よぉ」と、ちょっと手を挙げて稽古場に入ってきた。

「社長、ちょうどいいところにいらっしゃいました」

亜紀が姿を現した門田に、怜奈のほうを指差して言った。

「マリンエナジーの暗号を白状しないマリンに浣腸拷問して吐かせるところです」

「浣腸か。ふふ、面白そうだな」

「うあぁ、暗号なんて、知らないわ！」

亜紀が四つん這いになった怜奈のお尻の真後ろにしゃがんだ。

「うふふ、ノズルを怜奈ちゃんの肛門に入れてたっぷり浣腸よ」

亜紀に笑いながら言われ、怜奈は手枷、足枷をガチャガチャ言わせて手足をばたつかせるが、頑丈な硬い革と鎖でできた枷はびくともしない。

「ニュニューッと、入っていきます」

亜紀はまた面白そうに言って、指で怜奈の尻溝をクワッと左右に開いたかと思うと、露呈した愛らしいセピア色の皺穴に細長いノズルを挿入した。

「うあぁーん！　や、やだぁーっ、入れないでぇ！」

怜奈は肛門から直腸へ入ってくるノズルの感触におののいて、括約筋をキュッと締めて腰をくねらせた。だが、十センチほどのノズルは怜奈の体内に挿入されていった。

「おおー、ノズルが深く入ったな」

門田は興味深げに怜奈のお尻に顔を近づけて見ている。

「やぁぁぁーん、浣腸なんてだめぇぇ！」

愛らしい唇を開いて哀しく叫びながら、肛門をキュッと締める。

「ああ、怜奈ちゃん可哀そう」

葵が怜奈の肛門にノズルが挿入されたのを見て、妙にからかうような口調で言った。

「オマ×コも見えちゃって、そのうえ浣腸なんて恥ずかしいわ。わたしだったら、死んじゃう」

真沙美もそう言って、怜奈を故意に恥じらわせようとしている。

「はっはっは」

門田が笑って、真沙美のお尻を撫で上げた。真沙美はバーチャルのタレントだから、門田は大勢の前でそれくらいのことをするのは平気なのだ。

「あぁン、ノ、ノズルがぁ……そんなに深くは、いや、いやぁーん」

十センチはありそうな細長い浣腸器のノズルである。根元まで入れられて、もう決して抜けない。あとは浣腸されるしかないのだ。

すでに門田の太い肉棒で少女膣をズボズボ犯されてしまったあととはいえ、浣腸などという少女にとって辱め以外の何ものでないエロ責めを大勢の大人や同年齢の少女の前で行われようとしている。怜奈にとってこれまでで最大の恥辱であった。

「はい、浣腸しまーす」

亜紀が嬉しそうな声で宣告した。手の中の容器を躊躇なく握りつぶすと、グリセリン液が怜奈の直腸へピューッと、一気に注入されていった。

「あぁあああぁっ……だ、だめぇぇぇーっ！」

怜奈は丸っこい小尻をプルプル振って、直腸で冷たい溶液を味わった。亜紀は二度も三度も容器を固く握りつぶしていく。最後の一滴まで絞り出そうとして、両手で強く握りつぶして怜奈の体内に浣腸液を出しきった。

「うはは、入った、入った……」

門田が眼を細めて笑う。ノズルが抜かれた怜奈の皺穴を指で少しいじった。

「浣腸なんて、いや、いやぁぁ……うあぁ、うンあぁあっ！」

腸壁へグリセリン液が浸潤していく。キューンと来る浣腸の刺激は、怜奈に魅惑の悲鳴と喘ぎ声を披露させた。愛らしい口が大きく開閉し、黒目勝ちな瞳が涙色の虚ろな光を放つ。ハフッと深い溜め息をついた。

「早くも悶えてきましたね……」

村雨が門田の顔を見て言うと、門田は「ふむ」と頷いて、苦悶して腰をくねらせる怜奈のウェストのS字カーブを手で味わうように撫でた。怜奈は下半身を触られて、その悶えを楽しまれていることがわかった。

「はぁうぅっ、あうぅうぅうーん!」

怜奈は苦悶と快感の艶かしい嗚咽を披露した。門田や村雨の嗜虐的な視線に晒されながら、しばらく浣腸の懊悩が続いた。

便意の昂《たかぶ》りで背が弓なりになり、お腹がグルルーッと鳴ってアナルの皺穴をきつく締めていく。

「うーむ、この状態でズボッと嵌めると、いい感じになるだろうな」

「あぁぁ……」

門田が言っている意味はわかる。怜奈はすでに門田に犯されている。幼膣の中で肉棒が暴れまくった。

門田は四つん這いで拘束された怜奈の真後ろに座っている。お尻を手のひらで撫でられて、怜奈はこれから行われるであろう辱めと無理やり感じさせる愛撫、そして肉棒挿入を嘆きの中で覚悟した。

「はうぅぅ……お願いっ、おトイレに行かせてぇ」

浣腸液の刺激で幼い肢体を悩ましくくねらせた。

「ここで、ドバッと出してごらんなさい。うふふ、ビデオに撮られながらね。それにバイブでクリちゃんを感じさせられながら、イキまくるの」

「いやぁっ、おトイレにぃ！」

「だめよ。我慢して、浣腸液を腸で全部吸収してしまうか、それとも×ち大爆発を見られちゃうかどちらかよ。あっはっは」

「やーん、そんなこと許してぇ！」

怜奈は亜紀にいやらしい言葉でからかわれた。羞恥と浣腸快感に啼《な》かされながら、伸びやかな身体をくねり悶えさせている。

「浣腸されたまま、門田社長の太いおチ×ポをあなたの可愛い小さなお穴に、バックからズボッと嵌めていただくのよ。そしたら、おトイレに行かせてあげるわ」

「うあぁ、な、何でもしますから、早くおトイレにぃ！」

亜紀はどこまでも卑猥に責めてくる。怜奈は何も考えられず、屈従して口走っていた。

天使の愛くるしさを持つ美少女の浣腸被虐に興奮したのか、門田が鼻息荒くお尻の穴も含めて、両手で怜奈の割れ目を大きく拡げた。

「あぁああっ、そ、そんなふうにしないでぇ」

「小陰唇が二枚とも出てきたな」

故意に心が傷つくようなやり方をされて、怜奈は涙声になる。膣口も開いて、中のピンク色の襞まで露《あらわ》になっていた。

膣に指をズプッと入れられて、ぐじゅぐじゅ穴を掘るようにいじられはじめた。

「やめてぇ！　もういやらしいことといっぱいして、気がすんだでしょう？」

自分のような少女を嬲り者にした門田に聞いてもらえないことはわかっているが、それでも気持ちが高ぶってしまう。怜奈にしてみれば、少女の花びらをいじくり回してとことん辱め、最後はピンピンに立った肉棒を無理やり挿入して、快感を貪《むさぼ》りまくった。そんなことを繰り返し行えば、もう満足してもいいころだと思えたのだ。だが、門田の欲望には限りがなく、どこまでもエスカレートして留まるところを知らなかった。

「両脚を伸ばして腰を上げて、踏ん張ってごらん」

村雨に促された。

「足枷をしてますから、立ってされたほうが姦《や》りやすいですよ」

村雨は門田に不気味なことを言った。

怜奈は言われたとおり脚を開いて立ち、手首を台に拘束されているため、前屈《かが》みに深く身体を折ってお尻が天井を向くほど上げた。

門田が立ってちょっと屈んだ。怜奈の股間は門田の腰の高さに位置した。そこにはすでに、勃起した肉棒が構えられていた。門田はズボンのジッパーを下ろして、自慢の逸物を出していた。

「こ、こんな格好はいやぁーん」

普通の四つん這いよりずっと恥ずかしかった。両手足を伸ばして尻高なバックポーズを晒している。

硬い台の上に門田が膝をつかなくても、肉棒を挿入できる体位である。恐々後ろを振り返ると、充血勃起した肉棒を手でしっかり持っている門田の姿が眼に入った。

「もう、そんな大きいもの、入れちゃやだぁっ！」

「入れちゃうぞぉ。浣腸された美少女にチ×ポをぶち込んだことはないからな。うははははは」

怜奈が哀願すると、門田に意地悪く笑い混じりに返された。

（いやーっ、く、来るぅ！）

激しく挿入され、惨く抽送された経験を持つ怜奈も、発育途上の膣に大人の太いペニスを入れられる恐怖はいささかも変わらない。

柔らかいお尻の山に門田の指がグイと食い込んだ瞬間、膨張した肉棒が怜奈の狭い膣壁を押し分けた。

「あぎゃぁあああああーっ！」

やはり一突きで侵入を果たした。亀頭が生殖器の奥まで没入した。

「むぐおぉっ」

亀頭海綿体が怜奈の膣壁で擦れた門田は、気持ちの悪い快感の声を漏らして、子宮まで届けとばかり肉棒を突っ込んだ。

「やぁーん、そうやって一番奥まで……だめぇぇっ、お、大人の、あぁ、大きいものでギュッとしたら、壊れちゃう」

怜奈は恥ずかしさから言えなかったことを、今はもうはっきりと口に出して、嗜虐欲旺盛な門田にぶつけた。

「うはは、少女のオマ×コの心地よさは何度やっても飽きないんだ。悪いが、これからも楽しませてもらうぞ」

「だめぇぇ、いじめながら、お、おチ×ポ入れるのはもうやめてぇ」

「いや、いじめるつもりじゃなくて、自然にそういうかたちになってしまうんだ」

怜奈からすると村雨もそうだが、門田は特に少女をいたぶるのが好きな異常者に見える。自然にそうなるなんて信じられなかった。

「わざといじめて痛くして、恥ずかしくもさせて面白がってる。わたし、わかるわ！」

怜奈はもう泣きはしないが、黒目がちの大きな瞳をウルウルさせた。

「それもいい、なーんて言ったりして」

からかい半分に言う団員の声が聞こえてきた。

「社長、浣腸が効いているので、アヌス栓をしませんと漏れてきます」

亜紀がアヌス栓を門田に見せている。

「あはぁン」

門田の肉棒が怜奈の幼膣からズルッと抜かれた。

「いやぁ、ア、アヌス栓って何？　だめぇ、お尻に何をするって言うのぉ？」

怜奈は眦を裂いて、亜紀が手にしている白い大きなプラスティック塊を見つめた。

お尻の穴を狙っているのは明らかだった。

亜紀が門田に手渡したプラスティック塊は、綺麗な円錐形で、肛門にねじ込んで栓をするのに適した形に見えた。

（あぁ、変態が使う大人の玩具だわ）

怜奈は得体の知れない道具を見て俄《にわか》かに恐怖を感じた。狼狽えて尻高な四つん這いから崩れてしゃがもうとした。だが、門田に止められた。

「肛門に栓をして出せなくさせるよ。怜奈ちゃんは浣腸で感じてイクかもね。同時におじさんのチ×ポでズボズボやられて……ぐふふ、どうなってしまうかなぁ？」

「うあぁ、そんなこと、いやぁーっ、やめてーっ！」

怜奈は門田にじっくり言い渡されて怖気《おぞけ》を震った。かん高い抗《あらが》いの声をあげて、拘束台の上にへなへなとしゃがみ込んだ。

「こらっ、ちゃんとケツを上げないかっ」

門田が怒ると、亜紀や団員が怜奈を無理やり起こして、さっきのように両手足を伸ばしてお尻を門田のほうに突き出す体位を取らせた。

「社長、怜奈ちゃんのお尻の穴を拡げておきますので、アヌス栓をグイッと入れてみてください」

亜紀が言うと、アヌス栓を手にした門田が鼻息を荒くする。

「俺がやろう」

そう言って亜紀に代って怜奈の肛門を指で開いたのは村雨だった。

「ああっ、そこっ、しちゃやだぁ！」

怜奈は膣穴と変わらないくらい敏感な小穴を、邪悪な男の指で捉えられて悲鳴をあげた。

「おお、すみれ色の粘膜が綺麗だなぁ……」

怜奈の拡げられた皺穴を門田が陶然とした眼差しで見つめる。浣腸液の浸潤によってキューンと来る排泄欲が怜奈を苦悶させる。そんな状況で少女にとって過酷なアヌス栓でとどめを刺される。浣腸を我慢させせられながら、犯されるのだ。怜奈は悩乱し、恥辱と浣腸快感で身悶えるしかない。

門田がアヌス栓の丸い取手を摑んで、怜奈の皺穴に強引に押し込もうとした。

「だ、だめぇぇぇっ」

硬質なプラスチックの栓が怜奈の括約筋の力を破った。

「うぎゃぁああぁっ！　イッ、痛ぁあっ、うわぁうぅっ……」

少女の裏門は押し開かれた。怜奈はあまりの痛さで、後ろを振り返ることすらできない。生白いお尻にアヌス栓のつまみの部分だけ突き出して見えている。

「お、お尻の……穴ぁ……がぁ！」

破られた穴そのものの痛みのほかに、内部のゴロッとした異物感が悩ましい。浣腸液が腸壁を刺激して猖獗《しょうけつ》を極めている。快感でもある排泄欲求で四つん這いの肢体をよじる。排泄しようとする力で、円錐形の底の部分が肛門のほうに押されて塞がれ、強く栓がされた。

怜奈は直腸が絞られるような狂おしい排泄欲によって、全身が鳥肌立った。

「栓なんて、いやぁーっ！　ぬ、抜いてぇ……」

門田がアヌス栓の丸いつまみを持ってグッ、グッと二回引っ張った。

「うむ、まず抜けないな」

門田は抜けないことを確かめたようで、ゴクッと生唾を飲む音を立てて、手で自分の肉棒をしごいた。怜奈が苦しそうに首をひねって振り返ると、ヌルヌルした亀頭で手負いの少女膣に狙いをつけられていた。

「うぁ、これ以上されたら、わたし、死ぬぅ！」

「ははは、死にはしないさ。気持ちよくなって、イクとき死ぬと言うかもしれないがな。うはははは」

門田は下品に笑う。確かに無理やりの肉交でも快感があるのは怜奈もわかっている。媚薬の効果が絶大だったこともあるが、処女喪失のとき恥辱の絶頂感を味わわされていた。

腸の深いところから押し寄せてくるものがアヌス栓で堰《せ》き止められて、その跳ね返される懊悩感で柔らかい身体がたわみ、ときどきビクンと痙攣した。

「みなさん、この状態は女の子にとってたまらなく効くはずです。ヘビの生殺しよ。うふふふ」

亜紀が嗜虐的に口走る言葉が怜奈の心に突き刺さってきた。

浣腸で肛門も尻肉も腰肉も蕩けてきそうだ。怜奈は門田に犯されたホテルで真沙美が言った調教という言葉を思い出した。その意味を悟らされていく。

とうとう浣腸地獄の最中に、門田の赤黒い怒張が襲ってきた。

「あはぁあうぅっ！」

膨張した亀頭がズブッと膣の泥濘《でいねい》の中に馴染んできた。

怜奈の細腰は無骨な手で抱えられている。

怜奈はもう門田の犯すやり方を知っていた。それだけに戦慄して身震いする。

「いや、いやぁぁ、また、ギューッと強く入れる気ね」

バックから挿入しようとする門田を振り返って、そう口に出して言った。怜奈の怯えを見た亜紀や団員たちが陰険に笑っている。

門田にお尻をがっちり摑まれて、もう逃げられない。

「うンはぁあああうぅーっ！」

一突きだった。漲《みなぎ》り立った肉棒をほぼ根元まで胎内に嵌め込まれた。膣口をキュッと締めて抵抗していたが、簡単に破られた。アヌス栓の下の幼膣に肉棒が入り、門田の恥骨が栓の取手を押すかたちになった。

「むぐぅ、チ×ポにアヌス栓がごりっと当たってくるわい。少女の狭い膣はやっぱりいい！」

異常なことを言われた怜奈は、四つん這いの肢体を打ち振るわせ、前方の虚空を見つめた。見つめた先には、赤黒い肉塊がピンク色の子宮口にぐにゅっとめり込む様子が浮かんで見えていた。現に怜奈は肉棒で捻じ曲げられる子宮を胎内で感じ取っていた。

「男の人は狭い膣が好きなんですねえ」

「少女だからな……。しかもアヌス栓で押されて、さらに膣が狭くなってる」

大人の男女でそんな会話はされたくなかった。腰を両手で捕捉された怜奈は、肛門が天井を向くほどお尻を上げさせられている。バックから浅く深く縦横無尽に肉棒で突きまくれる状態だった。そんな状態でありながら、団員が怜奈の脚を両側へ引っ張って大きく開脚させた。あられもない姿がよけい恥辱を深め、性器の拷問のような有様となっていく。

「出るのを我慢して、尻の穴をギュッと締める力が入って、それでイキやすくなる」

門田はバックから勢いをつけて肉棒を抽送し、怜奈のお尻に腰を激しく衝突させてきた。

尻たぶがパコン、パコンと恥辱の音を立てている。怜奈の膣肉が門田の剛棒の周囲で持ち上がったり、凹んで一帯が見えなくなったりを繰り返した。

後ろから激しく挿入されて、怜奈は前につんのめりそうになる。脚を伸ばしたお尻の位置が高い四つん這いで身体をよじり腰もひねろうとするが、ほとんど動けなかった。肉棒は決して抜けない。

そんな状態がしばらく続いたあと、肉棒の抽送も終盤を迎えた。怜奈もズコズコと出し入れが小刻みで速くなり、覚悟する心境に陥っていた。

(ひぃ、出されるぅ！)

グチョッと膣内の愛液の音がしたかと思ったら、子宮がねじ曲げられそうな圧迫を受けた。肉棒を膣内いっぱいに嵌め込んでおいて、さらに力を入れてグッ、グッと腰を入れてきて、おチ×ポを押し込まれたのだ。

「うおあぁぐっ」

不気味な牡の声が背後から聞こえた。

ドピュルッ……ドピュピュッ……ドピュピュッ！

「だ、出すのいやぁっ！」

怜奈は膣でペニスの脈動を感じた。膣底、子宮口に射精されていく。

亀頭が子宮まで突き進んできて、熱液を発射された。

ドピュジュッ……ビチャッ！

「まあ、穴から、液が飛び出してくるわ」

亜紀が言うとおり、肉棒と膣口の間から熱いドロドロの精汁が何度も飛び散った。

「あぁあぐぅ……だ、だめ、だめぇぇぇ……」

怜奈は身体全体がガクガクッと大きく痙攣した。胎内が熱い牡汁でいっぱいに満たされて、愛液と混ざったその液汁が腫れた幼穴から垂れ漏れてきた。

門田がビクビク痙攣する肉棒をズボッと抜いた。

「ひゃうっ！」

割り拡げられていた膣が急に大きな異物を失い、快感に襲われて怜奈は腰が波打った。まん丸いお尻がブルッとその脂肪肉を振るわせる。

尻たぶが門田の手で鷲摑みにされた。

怜奈の膣口は肉棒の太さに開いてしばらく閉じることはなかった。

やがて亜紀が台の上にへたり込んだ怜奈のお尻に手を伸ばしてきた。

「怜奈ちゃん、うふふふ……」

ゆっくり愛でるようにお尻を撫でている。

ニヤリと笑った顔は何か企んでいそうに見えるが、わからない。

「やっぱり、ここでやっちゃいなさい。うふふっ」

亜紀は怜奈にとって不気味なことを言った。

「えっ……」

「ここでみんなに見られながら、う×ちをするの」

「い、いやぁっ、そんなことできるわけない!」

怜奈は血相変えて項垂《うなだ》れていた顔を起こした。

「お、おトイレに行かせてぇ」

「だめよ。ここでするの」

「ほら、怜奈ちゃんのおトイレはこれだ」

村雨が団員から渡されたポリバケツを怜奈のお尻の前に置いた。

「うあぁ、やだぁぁ!　いや、いやぁぁーっ!」

怜奈は首を振りたくってわなないた。

衆人環視の下、浣腸排泄を見られることは少女にとって死の宣告のようなもの。だが、浣腸排泄の力がアヌス栓さえ押し出そうとして肛門を強烈に圧迫している。四つん這い拘束の状態で大勢の人にじっと見られている。音《ね》をあげるのを待っているのがわかる怜奈である。

「そうだわ、電マで気持ちよーくさせてあげる。そのほうが浣腸脱糞の苦しさも和らぐんじゃない？」

亜紀はまたいやらしいことを思いついたようで、団員の一人が言われなくても隣の部屋に行って電マを持ってきた。亜紀はスイッチを入れ、ブーンと音を立てて四つん這いの怜奈のクリトリスに下から電マを当てた。

「あはぁああン、やーん、ああうっ、だめぇーっ！」

急に襲ってきた陰核の快感で腰がピクピク引き攣れを起こした。強い快感と浣腸の苦悶が溶け合っていく。堰き止められた腸内の奔流は羞恥も屈辱も溶かして無にしていった。

怜奈は初めて味わう浣腸責めによって追い詰められていたうえに、今また強いクリトリス快感で悶え喘いだ。

「さあ、あなたたち、怜奈ちゃんの乳首を感じさせてあげて」

亜紀はさらに真沙美と葵に促《うなが》して、怜奈にさらなる快感を与えようとした。

「怜奈ちゃん、感じちゃってね」

「悪く思わないで……というか、感じたほうが楽だし」

真沙美も葵も、怜奈の左右から手で乳房を撫でて硬くなった乳首を指先で揉んできた。爪で軽く掻いたりもする。その刺激がキュンと子宮にまで響いた。

怜奈は強い排泄欲と乳首、クリトリスの快感に翻弄され、自分を見失っていった。

「せ、栓を……あうぐぅぅ……ぬ、抜いてぇ、お願いぃっ……」

悶々とした便意の忍耐もついに限界を迎えた。類《たぐい》まれな美少女の屈服は可愛くて切なかった。

「本人の了解が出たわ」

亜紀がアヌス栓のつまみを摑んだ。

その場の全員が固唾《かたず》を飲んで見ている。

亜紀は怜奈のお尻に用意していたバケツを近づけて構えた。

「いやーっ、撮らないでぇ！」

団員の男がビデオカメラを向けてきた。斜め後ろからお尻だけでなく顔も映るように撮ろうとしている。その間も陰核亀頭には電マの振動が襲って芯まで感じさせられ、乳首はつままれ揉まれて快感に満たされる。

「アァアァアーッ！」

怜奈は眼前に瑠璃《るり》色の光が見えた。浣腸の悶絶と、クリトリスと乳首の快美感で瞬時に絶頂に達したのだ。

「ほーら、イッちゃったぁ。いけない子ねえ」

亜紀がまるで怜奈が悪いかのように、言わば決まり文句のようにして言った。そしてまだ電マを当ててくる。

村雨が怜奈のお尻から飛び出したアヌス栓に手を伸ばした。

「わしがやる」

門田が村雨を制して丸いつまみを摑んだ。

グイと引っ張った。

白いプラスチック塊が怜奈の可愛い皺穴を惨く拡げた。

「だめぇっ……ンギャアァーッ！」

ボコッと音がして栓が飛び出してきた。

刹那、肛門に大穴が開いて暗い洞窟が覗けた。その穴は少し閉じたが、直腸からの強烈な圧力が肛門括約筋の収縮力を破った。

栓が抜かれ、悲鳴とともに少女に似合わない破裂音を奏でて、直腸の内容物が爆出した。

「み、見ちゃやだぁ！　いやぁっ、だめぇぇぇっ！」

稽古場に怜奈の哀切な声が響いた。まん丸いお尻を振ったが、門田にその羞恥地獄の脱糞を間近からじっくり見られた。ビデオにも顔を含めて容赦なく撮られていく。

「あうあぁぁぁっ……イ、イク、イクゥゥッ！」

少女には過酷すぎる極限の羞恥の果てに、またもや幼いながらも激しいオルガズムに襲われた。

数回に渡ってバケツの中に吐き出して、その間にもさらに執拗に電マでクリトリスを嬲られた。

「許してっ、イッ、クゥッ……アァアアアッ、イクゥウ―ッ、クゥッ……アンウッ！」

怜奈は絶頂の中でわななき、眼の前が白くなって何もわからなくなった。

怜奈はしばらくの間気を失っていた。

かすかに笑い声が聞こえてきて、ふと気を取り戻して目覚めた。

まだ門田や村雨、団員たちの姿があった。真沙美と葵もいる。手枷と足枷も外されていない。

亜紀が指に軟膏をたっぷり取っていた。

「えっ、何？　何してるの？」

亜紀が軟膏のチューブを絞って人差し指の腹にこってり出しているのが気になる。軟膏は媚薬に違いない。

怜奈はもう終わったと思っていた。門田に犯され、中出しされた挙句、大勢の人に見られながら、浣腸排泄までさせられたというのに、これ以上何をしようというのか。

怜奈は身体を起こされて膝をつき、再び四つん這いにさせられた。

「お尻の穴に媚薬を塗ってあげるわ」

「ええっ」

お尻の皺穴に媚薬を塗って、いったい何をする気なのか。怜奈はわからない。

（まさか、肛門におチ×ポ入れる気なの……）

怜奈はお尻を庇《かば》おうとするように腰をひねった。だが、まもなく門田たちにお尻を摑まれて押さえつけられた。

亜紀の指で尻溝の柔らかいところを拡げられて、剝き出しになったすみれ色の小穴に悪魔の媚薬をねっとりと塗られてしまった。

「あーう、そんなところ、恥ずかしいから、許してぇ」

「中も、ほーら」

指をヌニュッと肛門内に入れられて、塗り込められた。

「あぁン、やめてぇ！」

皺穴にくっついて余った軟膏も、穴の窄まったところに指先で集められ、ニュッと中に指先で押し込まれた。他人の指をお尻の穴に入れられた感触に狼狽え、おののく怜奈である。しかも媚薬を塗り込められて怖気が振う。

亜紀が持っていたバッグから何かの箱を出した。

「社長、これを使ってみては？」

長方形の箱を開けて、棒状の物を出してきた。

「おお、アナルバイブか」

「怜奈ちゃんにはちょっと大きいですけど……」

門田が亜紀から受け取ったバイブは、前に怜奈が啼かされたハケバイブよりバイブレーターの部分がずっと長いもので、全体に凸凹があるのが似ていた。

「やーん。それ、何っ？」

「アナルバイブだよ。さっきは電マで感じちゃって楽しかっただろ？　今度はお尻でイッちゃいな」

「あぁっ」

怜奈はそのバイブの使い方がわかって、イヤイヤと首を振るが、門田はアナルバイブでお尻の穴に狙いをつけている。

アナルバイブの凹凸がついた細長い、卑猥感のする形を見ると、怜奈でもお尻の穴用だと理解できた。

「お、お尻にするなんて……だめぇっ！」

怜奈の拒否の声は悲しい音色を帯びてきた。嫌がっても結局やられてしまう。以前は幼膣をハケでくすぐられ、バイブレーターの振動でクリトリスを感じさせられて、羞恥と快感のイキまくりを経験させられた。そんな性玩弄を平気で行う大人たちに今度はお尻を狙われる。

浣腸排泄の羞恥と快感で第二の処女穴を蹂躙された怜奈は、そこに被虐的な性器の意味を感じて狼狽の極みにあった。そして今、徐々に媚薬が効いてきて、お尻の穴に不穏な痒みを伴《ともな》う快感が生じはじめていた。

悪女の亜紀がニヤリと笑って、怜奈の腰の上に身体を被せるように乗せ、両手の指を尻の割れ目に食い込ませた。

柔らかい怜奈の尻溝は強引に割り拡げられた。

「アアアッ！」

怜奈の下半身がビクッと跳ねるように震えた。

「お尻の穴も媚薬で感じてるはずです。社長、ズボッと、どうぞ」

ついに、第二の処女穴に異物を挿入される。電マの強い振動で、心ならずも感じまくってイカされたばかりだ。今度はお尻の穴を感じさせられる。自分がどうなってしまうか不安でならない。

後ろからブーンという嫌な音が聞こえてきた。

小さな皺穴に、バイブの先端が接触した。

「あぁン……そこは、やだぁ！」

アナルバイブを肛門に押しつけられたが、バイブは振動していることもあって、軟膏で滑って上へ逸れていった。

いったんバイブのスイッチが切られ、もう一度肛門に押しつけられた。今度は凹凸の最初の凸部が怜奈の可愛い皺穴へ、ズニュッと入った。

「いやぁあン！」

シリコンのアナル棒が挿入されると、肛門粘膜にくっついて媚薬も効いているから異様な快感を与えられた。

挿入されたアナルバイブに再びスイッチが入れられた。肛門とその内側の敏感な粘膜に初めてバイブレーションを受けていく。

「だめぇぇぇ……いや、いやぁぁ！」

振動する十二、三センチのアナルバイブを容赦なく挿入され、抽送されていく。凸部がズブッ、ズブッと、数個連続的に肛門内に埋没していった。

（媚薬なんてやだぁ、痒いぃ。か、感じるぅ……だめぇぇ、お、お尻の穴も、い、いっぱいされたら、イッちゃぅ）

不気味な振動と凹凸による摩擦で、怜奈の排泄の穴は性的に淫らな秘穴へと変貌を遂げようとしていた。恥辱的な快感に支配されそうになって、拒否の悲鳴を奏でるが、門田は嗜虐の手を弛めなかった。

「うほほ、キュッ、キュッと締めてくるじゃないか」

怜奈の秘められた括約筋を揶揄して、ズボズボとアナルバイブを抽送してきた。

肛門用のバイブはその凹凸をいかんなく発揮して、怜奈の括約筋と粘膜を刺激していく。少女だからまだ膣よりも肛門のほうが快感に巻き込まれやすいのかもしれない。

媚薬の効果もあって、門田の言うようにアナル括約筋は如実に反応した。振動するバイブを括約すれば、さらに快感が強くなる。

「あはぁあン……そこは、いやぁぁーっ！」

怜奈の悲鳴は徐々に喘ぎ声に置き換えられていく。膣や肉芽でイカされた怜奈も、お尻の穴で快感が昂ってしまうとは思いもよらなかった。

クリトリス快感が強烈であることは怜奈も指や舌、電マで愛撫されてよく知っていた。ただオナニーでさえもお尻の穴を使うことはほとんどなく、排泄器官ということもあって、クリトリスオナニーの補助としてパンティの上からいじる程度だった。

怜奈はアナルの恥辱と快感を甘受し、背後の亜紀や門田、村雨を振り返る勇気もなく、前を見つめるばかりとなった。

怜奈はお尻の快感で四つん這いの身体をたわませ、淫らに尻を振って抗う。だが、アナルバイブは容赦なく抽送されていく。グジュッと淫靡な音が出るのを怜奈自身の耳で聞かされた。

バイブでアナル粘膜に振動を与えられながら擦られ、感じたくない不気味な快感に啼かされる。

幼いアナルの肉輪が拡張され、しごかれていく。

「おお、バイブを食い締めてくるぞ」

「いやぁっ……」

言われるとおりだと、怜奈は自身の括約筋の収縮力を感じていた。それは自然に反応してしまう面もあるが、感じてつい締めてしまう面もあった。

「か、感じるぅ、いやぁーん。もう、しないでぇ……」

音をあげてアナルの昂りを正直に吐露した。ピストンの速度を上げられていき、激しく出し入れされて、バイブの凹凸で感じる皺穴をズニュルルッと摩擦された。

「ンハァアッ、ダメッ、あンはうぅぅぅぅーっ!」

肛門括約筋がジンジン痺れてきた。感じ方はクリトリスほど直接的ではないが膣より強く、怜奈の嬌声がオクターブ上がった。

「ンヒッ……」

尻穴から上体へ痺れが満ちていき、脳天へ響いた。

「おお、イクのか?」

その高まりを門田に知られて、手の動きが速くなってきた。

「あふぅうぅーン!」

振動する凸凹のアナル棒でえぐられ、摩擦されて、快感で四つん這いの身体が前へ伸びていく。すぐ団員に抱き起されたが、起こされると、乳房を揉まれて乳首もひねられた。

フィニッシュへ向けて一気呵成にアナルバイブをピストンされていく。

怜奈は頭が上がっている。上半身ののけ反り方が強くなって、自分自身もうイッてもいいような観念する気持ちになってしまった。

「イ、イクゥ……お尻の、あ、穴は、だめぇぇ……イクーッ、イクッ、イクゥゥゥーッ！」

怜奈は羞恥心はあるものの、あまりにもお尻の皺穴が熱く火照り、媚薬による痒み快感とバイブ摩擦の痺れる快感で淫らなイキ声をあげてしまった。

「お尻の穴が感じて、あんなすごい声出して、イクイクって言ったりするなんて、いやらしい子」

怜奈のアナルバイブ責めを黙って見ていた葵が口を開いた。怜奈はまだ何か言える心理状態ではなかった。ぐったりしてアナルアクメの余韻に浸っている。

「怜奈ちゃんは、とことん調教されるといいわ」

真沙美がぼそっと言った。

怜奈はようやく身体を起こした。

「調教ぉ？　そんな言葉知らないわ……」

意味は少しは想像がつく。男に従わせ、飼い馴らすことだろうが、知りたくもないし、調教なんてされたくない。

「ぐふふ、これからわかるようになる。本格的な調教がな……」

不敵に笑うのは門田である。眼光は鋭かった。

「もうオマ×コもお尻の穴もズボッ、ブチュッと姦《や》られたわけだからね」

門田の言葉を受けたのは村雨だった。村雨も眼を輝かせている。

「ああー」

怜奈は気が抜けていくような溜め息混じりの声を漏らして嘆く。もう四つん這いではないが、まだ手枷と足枷はつけられたままだから、身体の自由はきかない。脚を少し曲げて、肘をついた格好で身体を休めているしかなかった。

「アアッ、痛ぁい！」

と、門田にいきなりお尻を平手でバチンと叩かれた。

怜奈は眉を怒らせて、門田を振り返った。

「恥ずかしい子にはお仕置きが必要だ……」

門田は怜奈の小尻をバチン、バチンと軽快な音を立てて数回叩いた。

「恥ずかしいなんて、あなたたちが無理やり……」

決めつけられた怜奈は怒りさえ感じて顔を上げ、主張しようとした。

「それが怜奈ちゃんの唯一悪いところだよ。無理やりされたという言い訳が」

怜奈の訴えに村雨が割って入った。言い訳なんかじゃない！　と怜奈は無言だが髪を振り乱して首を振った。

「そうよ、無理やりもあるけれど、言わなくてもいいイクイクって言葉、口をついて出てるじゃない」

亜紀が言い含めようとする。

「そ、それは……か、感じさせられて……」

「感じてるなら、ああーっとかでいいの。悶えに悶えて、愛液いっぱい垂らして」

「違うぅ、媚薬なんてお薬塗るからぁ」

「言い訳する女の子はお仕置きだ！」

門田が怜奈に語気荒く言い渡した。

「社長、ここにいる全員で一回ずつお尻をぶつというのはいかがでしょう？」

亜紀が提案してきた。怜奈は怯え眼《まなこ》で周囲の大人たちを見渡した。門田や村雨、団員はやる気満々のような顔をして怜奈に近寄ってきた。

「やーん、恥ずかしい子だからって、お尻ぶつなんてイジメだもん！」

怜奈はほとんど涙声になっている。羞恥と快感の飼い馴らしは心の片隅で受け入れつつあったが、全員でそんなお仕置きをして面白がるのは怜奈にとってイジメに等しかった。

「怜奈ちゃん、違うんだよ。むふふ、調教っていっても、イジメ、暴力じゃなくて……まあ、演技も入って、プレイだね」

門田は脂下《やに》がった顔をしていかにも楽しそうだ。怜奈の赤くなった桃尻を撫でている。

「わからないわ、プレイなんてぇ」

「そんなにひどく叩かないから、大丈夫。お仕置きの雰囲気だから。ふふ、怜奈ちゃんのマゾの部分、見抜かれてるよ」

「あぁ、マゾなんていやぁ、違うぅ……」

怜奈は諭されるように言われて、はっきりと否定できなかった。

「真沙美ちゃんと葵ちゃんは、怜奈ちゃんのオッパイとオマ×コを愛撫してあげてね。感じさせながら、お尻バチン、バチンと。うふふっ」

亜紀が言うと、二人はにっこりして頷いた。

怜奈は団員の男たちに次々、バシリ、バシリと平手でお尻をぶたれはじめた。

「アアッ、痛いぃ、アアアッ……」

真沙美の指で肉芽を揉まれ、乳首は葵につままれている。お尻を叩かれること自体は痛いだけだが、門田が言うお仕置きの雰囲気、プレイについ身を任せてしまう。バシリと叩かれ、柔らかい尻たぶが波打って痛みがお尻に貼りつくと、怜奈はぐっと腰を回すようにくねらせた。

「だめぇぇぇ……」

痛みが柔らかい尻肉と心に溶け込んでくるような心持ちになった。イノセントな黒目がちの瞳は涙で濡れている。

(このままだと、感じちゃう。愛液も出ちゃいそう……)

怜奈は衆人環視の下、涙と愛液を同時に見られるのが恐かった。ぶたれるたび、クリクリしたお尻はぐっと上がって、腰もセクシーなまでに反ってきた。

秋の訪れを感じる十月初旬、劇団ωの『戦隊美少女・マリン』公演の日となった。公演初日、怜奈は身も心も緊張と期待で満たされていた。青年コミック誌に連載され、業界からセクシーすぎると批判された『戦隊美少女・マリン』が原作のライブアクションショーは、約一カ月間にわたり全国で公演の予定が入っている。

原作のストーリーどおりに順を追って演技するのではなく、見せ場のシーンを重点的に表現するパフォーマンスである。勢いアクションシーンが多くなる。それだけに「オタク垂涎《すいぜん》の美少女お色気シーンてんこ盛り！」という前評判だった。

主役は新人ということで、ネットではさまざまな噂が飛び交《か》った。パンチラが大いに期待できるという評判は故意に劇団ω側から流されていたうえ、怜奈たち三人は早くも宣伝用のコスチューム撮影でこれ見よがしのパンチラ攻勢をかけていた。「パンチラ戦隊」の語がネットの掲示板で躍ったが、マリンビームの開脚パフォーマンスはまだ伏せられていた。それだけに、本番で初めて過激ポーズを披露することになる怜奈は、数日前から夢に向かって希望に胸を膨らませると同時に、強い羞恥と不安を感じていた。

そして、公演初日を迎えた今日、わずか数時間前、怜奈は役者の控え室で悲鳴をあげ、悶え、懊悩することになった。怜奈の身には今、大きな異変が起きていた。それは怜奈と数人だけしか知らない。

怜奈は今、舞台に立っている。緞帳《どんちょう》はまだ上がっていない。

マリンブルーに銀のストライプが入ったコスチュームは怜奈の幼い肢体にぴったりフィットして、身体の柔らかい曲線や少女の膨らみ、割れ目、乳首の突起を浮き上がらせている。

緞帳が上がって、いよいよ『戦隊美少女・マリン』が始まった。

幕が上がった瞬間、怜奈はオタク系の観客の粘っこい視線に羞恥し、気持ちが舞い上がった。

――見られてる。

マイクロミニスカートから覗けるシルバーのメタリックショーツはハーフバックでお尻の半分が露出している。疑似ショーツと言われていたが、アンダーショーツを着けていない以上パンティと同じである。スカート丈は股下五センチのきわどさだった。

胸の膨らみ、乳首のポチポチが露だ。ブラジャーなんてしていない。

ショーツにできた少女のスジは、特に前列の低い位置の座席からははっきり見えているに違いない。

この劇場の収容人数は千人ほどで、怜奈は大勢の客の視線にすさまじい圧力を感じた。

観客の大半は若い男性で、子供は少ない。普通戦隊ものは子供に大人気だが、『戦隊美少女・マリン』に限っては、セクシー路線と知っている親が子供に見せることを憚《はばか》ったようだ。

緞帳が上がるとすぐ、大きな音量でストーリー説明のナレーションが入った。

「三千六百年周期で地球に接近する遊星ニビルでは、魔界皇帝オドロと聖女マリンの永遠の戦いが繰り広げられていた。地球に接近した数年前から、戦況はマリン側が劣勢になり、自らのパワーも失ったマリンはやむなく地球に避難。ニビルと地球人類の数万年の関係で、地球には力を合わせればかつて持っていた聖女のスーパーパワーを取り戻すことができる二人の少女の存在があった。格闘少女のほのかと蓮華である。二人をお供にして地球で最後の決戦が始まろうとしていた……」

マリン、ほのか、蓮華と名前が出るたび三人にスポットライトが当てられた。そのとき怜奈は眩《まばゆ》い光を我慢して眼を見開き、格闘技の構えのポーズを取った。

(パンチラが売りの劇じゃないなんて、嘘っ……)

怜奈はナレーションを聞きながら、稽古が始まったころ村雨に言われた白々しい建前を思い出す。恐れるのは百八十度開脚のマリンビームのときのパンチラ、いやパンモロだった。

そして、今、パンチラパフォーマンスなどとは比較にならない恥辱が進行中だった。

（あぁう……ディルドゥと、アナル棒がぁ……か、感じるっ！）

怜奈の膣にはディルドゥ、お尻にはアナル棒が挿入されていた。村雨と亜紀の仕業だった。それは控え室で行われ、真沙美と葵にも膣に短いディルドゥが挿入された。膣奥に埋め込まれていたのはペニス形のディルドゥだった。大きな亀頭や張ったカリ首、肉茎に浮いた太い血管までリアルにつくり込まれている。膣に挿入される際、怜奈は愛らしい口で舐めしゃぶらされて、べとべとに唾をつけさせられていた。自分の唾液でズルッと滑って膣奥まで挿入された。

（あぁ、劇が終わったらクリトリスの皮を剝かれて、ピアスで固定されちゃう！）

怜奈は門田にSM調教を宣告されていた。すでに性の慰み者になっている。ピンセットで包皮をくるっと剝かれ、クリトリスを露出させられて啼かされた。ピンセットで襞びらをつままれたら、疼痛で身動き一つできなくなった。門田はますます陰湿なやり方を楽しむようになっていたが、それは怜奈が亜紀に従ってバーチャルに所属してからエスカレートしていた。怜奈は自分が所有物とみなされているように思えてならなかった。

劇が始まるとまもなく、魔界皇帝オドロ率いる魔界の獣人軍団と激しい格闘シーンを演じながら、ハーフバックショーツでオタクに桃尻の半分を露出した。

舞台の前に設置された張り出し舞台へ出て、角の生えた獣人兵士と格闘する。ハイキックで倒すが、客の目の前で大股開きになった。脚を掴まれて大股開きがしばらく続いた。

(だめぇっ、お客さんから全部見えちゃう!)

怜奈は控え室で何度も脚を大きく開いて股間の状態を確かめていた。どうにか大陰唇のはみ出しは避けられたが、鏡に映った割れ目は恐いほど明瞭に見えていた。指でそっと触れてみると、小陰唇とクリトリスの感触もわかった。

あぁ、でも、見せるのがアイドルの仕事なんだわ。戦隊でも、モデルでも。

仕事上いろんな口実が使われる。わたしたちみたいな年齢《とし》の少女に、股を開かせる口実が……。

脚を高く上げた前蹴りで、怜奈のシルバーメタルのショーツに細長い大陰唇の膨らみが刹那露呈した。しかも逆三角形になって見える膨らみには深いスジが入っている。

苦労の末、何とかできるようになった後ろ回し蹴りで、お尻がブルンと躍動した。お股の大陰唇の膨らみも一瞬見えて、少女のエロスを披露した。

「聖女のスーパーパワー回復の方法は、三人同時の百八十度開脚よ!」

三人で床に座り、両脚を大きく開いて三角形を作るように足先を合わせ、呪文を唱えた。

「あ、あぁあああっ……」

まるで性感が起こっているかのように、上を向いてガクガクと身体を震わせ、立ち上がってイナバウワーのようなのけ反りを見せる。全身にエネルギーが満ちてくる様を演じた。

(はうっ、亀頭が子宮口に来るぅ!)

そのとき、ペニス形ディルドゥのおぞましい先端部が怜奈の生殖器に衝突した。

「マリンビーム!」

Y字バランスの開脚ポーズで攻撃すると、魔界の兵士がバタバタと倒れた。

直後、脚を閉じると悲しいほどメタリックショーツの前が少女そのものに食い込んだ。スジというにはあからさますぎる肉溝が出現した。大音量の効果音の中に、すぐ近くの座席から見上げる客の「うわっ」という声が混ざった。

怜奈は大きく開脚して閉じたとき、スジに深く挟まること知っていた。でも仕方がない。

(あぁ、見られてもいいわ。今、どんなに大勢の客がいても、触られるわけじゃないし、裸にされるわけでもないから……)

三方向から観客が張り出しを囲って観ている。怜奈は股間も恥ずかしいが、ハーフバックショーツでお尻は露出過多になる。顔を赤らめ、地に足がつかない。

(あうぅン……やっぱり、ディルドゥが動くぅ……ひぃ、アナル棒も!)

二穴の奥深くで村雨たちの邪悪な企みが効果を上げている。美少女の上質なエロスが演技に溶け込んで花開いた。

舞台に戻り、しばらく格闘以外の演技に入った。言わば一休みするかたちになったが、次は最後の詰めになる。

大団円で終わる皇帝オドロとの戦いの場面になった。マリンが大ピンチを迎え、軍団に捕らえられて拘束台に手枷足枷で拘束された。最後で最高の見せ場となる。

大股開きで拘束され、オドロビームの責め棒で恥丘周辺への桃色拷問が開始された。

「おおーっ!」

会場からいちだんと大きなどよめきが湧き起こった。

そのスーパーマリンエナジーを無効にできる暗号を、オドロビームをへその下に当てれば従順になってしまう拷問で、マリンに吐かせようとする。暗号は「聖女の花びら満開」だった。

拷問シーンの何と長かったことか。数分間が何時間にも思えた。怜奈は観客の男性の好奇の眼に晒されつづけた。

「はあうぅ……あンあぁあああーん！」

甘ったるいわななきを披露して、妖艶に大きく開脚した。身体を左右に狂おしくよじった。観客のどよめきが何度も起った。

（オタクの人たち、フル勃起したの？）

怜奈は村雨から求められていた少女エロスのことをふと思った。

コスチュームの股間が愛液で濡れていた。光沢のあるシルバーメタルショーツは染みは形としては目立たないが、しんなりと湿ってわずかに色が濃くなっている。

（あ、あそこを見られてるぅ。笑ってるわ。愛液に気づかれちゃった……）

怜奈はオタクの客の反応を見てばれたと思った。

「聖女の……は、花びら……」

暗号をしゃべってしまいそうになる。その直前、ほのかと蓮華に助けられた。

怜奈は最後に、ニビルの宇宙エネルギー、スーパーマリンエナジーによるマリンビームと三人力を合わせて悪を撃つトリプル・マリンビームを、さまざまな色のレーザーの照明効果で表しながら、真沙美たちとともに大股開きで数発発射した。

オタクの観客のどよめきと歓声の中で、魔界皇帝オドロとその軍団は壊滅した。

だが……。

「ああっ」

ディルドゥが膣内を下降してきた。

（出てきちゃうっ……）

膣口がポカァと開くのを感じて慌てた。ディルドゥの根元の丸い形がクロッチにもっこりと表れた。ちょうどそのとき、床にお尻をついて行う百八十度開脚が終わって立ち上がったのでばれなかったが、怜奈は必死に膣括約筋を締めてオマ×コのお肉を絞り込んだ。

ギュギュッ……ずぶうっ……。

ペニス形の大人の玩具は、異物感とともに膣奥へと呑み込まれていった。

ストーリーは完結した。だが、劇はまだ終わっていない。フィナーレのダンスパフォーマンスが残っている。最後に役者一人一人が紹介され、深く一礼して幕を閉じる。

怜奈の濡れたスジはまだ晒されつづけるしかない。

（やーん、アナル棒がぁ！）

ディルドゥの下降を食い止めたと思ったら、今度は直腸が悩ましくなって、すみれ色の皺穴が開きはじめた。

◉新人作品**大募集**◉

マドンナメイト編集部では、意欲あふれる新人作品を常時募集しております。採用された作品は、本人通知のうえ当文庫より出版されることになります。

【応募要項】未発表作品に限る。四〇〇字詰原稿用紙換算で三〇〇枚以上四〇〇枚以内。必ず梗概をお書き添えのうえ、名前・住所・電話番号を明記してお送り下さい。なお、採否にかかわらず原稿は返却いたしません。また、電話でのお問い合せはご遠慮下さい。

【送付先】〒一〇一-八四〇五 東京都千代田区神田三崎町二-一八-一一 マドンナ社編集部 新人作品募集係

幼肉審査《ようにくしんさ》 美少女の桃尻《びしょうじょのももじり》

著者◉高村マルス【たかむら・まるす】

発行◉マドンナ社
発売◉二見書房
東京都千代田区神田三崎町二-一八-一一
電話 〇三-三五一五-二三一一(代表)
郵便振替 〇〇一七〇-四-二六三九

印刷◉株式会社堀内印刷所 製本◉株式会社村上製本所 落丁・乱丁本はお取替えいたします。定価は、カバーに表示してあります。

ISBN978-4-576-19201-7◉Printed in Japan◉